W0311749

Fanny und wie sie die Welt sieht

Alexa Hennig von Lange wurde 1973 geboren und begann bereits mit acht Jahren zu schreiben. 1997 erschien ihr Debütroman *Relax*, mit dem sie über Nacht zu einer der erfolgreichsten Autorinnen und zur Stimme ihrer Generation wurde. 2002 bekam sie den Deutschen Jugendliteraturpreis. Es folgten zahlreiche Romane für Erwachsene wie für Jugendliche und Kinder, außerdem Erzählungen und Theaterstücke. Alexa Hennig von Lange lebt mit ihrem Mann und ihren fünf Kindern in Berlin.

Mehr über unsere Bücher, Autoren und Illustratoren auf:
www.thienemann-esslinger.de

Fanny
und wie sie die Welt sieht

VON

ALEXA HENNIG VON LANGE

Thienemann

ES GIBT IMMER EINEN WEG –
DU MUSST IHN NUR FÜR DICH ENTDECKEN.

1. ICH KANN GAR NICHTS!

Ich mag keine Schule – auch, wenn alle Erwachsenen behaupten, dass Schule ganz „toll“ ist. Weil man da so viel lernt. Ich lerne da überhaupt nichts. Jedenfalls nichts, was für mich und mein weiteres Leben zu gebrauchen wäre. So was darf man ja nicht laut sagen, weil dann alle denken, man ist faul. Ich bin nicht faul. Ich habe nur kein Interesse an dem ganzen langweiligen Zeug. Warum auch? Ich sehe einfach keinen Sinn in Mathe oder Physik oder französischer Grammatik. Ich vergesse diese ganzen Regeln, Formeln und Gesetze sowieso alle sofort wieder. Aber Mama sagt: „Fanny! Du hast keine Ahnung, wozu du das in deinem Leben noch alles brauchen wirst.“

Äh?! Wozu denn bitte? Will ich Einstein werden? Oder Dolmetscherin? Aber sogar meine Schwester Ella, sie ist schon fünfzehn, sagt das. Kein Wunder! Sie ist die Beste in der ganzen Schule. Die Lehrer lieben sie, weil der Unterricht mit meiner Schwester immer so erfolgreich ist. Hat gerade ihr Physiklehrer Herr Sommerkamp zu Mama am Telefon gesagt. Wirklich! Deswegen hat er eben extra bei uns angerufen. Als wir alle gemütlich beim Abendbrot sitzen. Klingeling. Nur um diesen seltsamen Satz fallen zu lassen!

„Der Unterricht ist dank Ihrer Tochter immer so erfolgreich.“ Was soll der Satz überhaupt bedeuten? Keine Ahnung. Jedenfalls haben wir alle, Papa, Ella und ich zu Mama geguckt, wie sie mit dem Telefon am Fenster stand, fast schon im Vorhang drin. Immer wieder hat sie gesagt: „Ach, das freut mich aber!“ Immer wieder: „Ach, das freut mich aber!“ Als sei der Physiklehrer von Ella schwer von Begriff. „Ach, das freut mich aber!“ Und: „Vielen herzlichen Dank. Ich werde es Eleonore ausrichten.“

Mama hat aufgelegt, das Telefon in die Ladestation gestellt und sich zwischen Sofa und Bücherregal zu uns zurück an den Tisch geschlängelt. Dabei hat sie über das ganze Gesicht gestrahlt, als hätte gerade die Lottogesellschaft durchgeklingelt, um ihr zu sagen, dass sie den 10-Millionen-Euro-Jackpot geknackt hat. Mama spielt nämlich Lotto – ohne jemals etwas gewonnen zu haben. Aber das ist eine andere Geschichte. Jedenfalls hat sie Ella einen Kuss auf die Stirn gegeben und zu Papa gemeint: „Das war der Physiklehrer von Ella und er hat gesagt, dass jede Stunde mit unserer Tochter ein Erfolg ist.“

Papa hat sich den Mund mit der Serviette abgewischt, gekaut und solche lobenden Laute von sich gegeben. Und dann hat er das Daumenzeichen gemacht, weil er sich schon wieder eine Gabel mit Salat in den Mund gesteckt hat und nicht sprechen konnte.

Ella hat milde gelächelt, als wäre solch ein Anruf in den Abendstunden nichts Besonderes. Aber natürlich hat sie die

Nachricht schweinemäßig gefreut, weil Ella nichts anderes will, als total erfolgreich zu sein. Sie steht drauf, wenn andere Leute merken, dass auf sie nur schwer zu verzichten ist. Ganz ehrlich? Ich befürchte, meine Schwester will später, wenn sie groß ist, die Weltherrschaft übernehmen. So verhält sie sich mir gegenüber eigentlich jetzt schon. Als hätte sie bereits die Weltherrschaft übernommen. Ständig kommandiert sie mich herum – große Schwester eben. „Stell dein Geschirr in die Spülmaschine." Oder: „Lass deine Klamotten nicht immer im Bad liegen."

Ich liebe meine Schwester wirklich. Aber ich mag es nicht, wenn Ella dauern meint, mich erziehen zu müssen. Mit so einer strengen Stimme, die sie sich irgendwo abgehört hat. Keine Ahnung, wo. Mama spricht jedenfalls nicht so streng. Vermutlich hat Ella die Stimme von diesen Hör-CDs, die sie sich früher immer stundenlang angehört hat. Solche Lebensgeschichten von irgendwelchen berühmten Komponisten oder Wissenschaftlern. Mit tausend Fakten und Daten und Hörbeispielen, sodass einem eigentlich der Kopf platzen müsste. Aber meine Schwester saugt Wissen in sich auf, wie mein bester Freund Joschi seine Energy-Drinks. Schlürf. Schlürf. Schlürf. Eine Dose nach der anderen. Um die volle Power zu bekommen. Und zwar schon in der ersten großen Pause. Das muss er natürlich heimlich in der Jungstoilette machen, damit er nicht von einem unserer Lehrer erwischt wird. Er ist ja – wie ich – erst elf. Da ist das Zeug eigentlich total verboten. Aber Joschi macht sowieso, was er will. Weil seine Eltern sich nicht um ihn kümmern, sondern gleich um die gesamte dritte

Welt. Jedenfalls sagt Joschi das. Seine Eltern arbeiten beide für so eine weltweite Hilfsorganisation und haben damit alle Hände voll zu tun, sodass Joschi oft alleine zu Hause ist, wenn sie wieder mit dem Flugzeug zu irgendwelchen Hilfseinsätzen unterwegs sind.

Für mich wäre das nichts. Dass meine Eltern dauernd unterwegs sind. Genauso wenig wie Lernen nichts für mich ist. Ehrlich gesagt, will ich so wenig Wissen wie möglich anhäufen. Ich will die Dinge angucken, ohne vorher schon alles über sie zu wissen. Um mir ein eigenes Bild machen zu können. Mit dieser Einstellung stehe ich natürlich ziemlich alleine da. Mama sagt: „Du bist doch kein Baby mehr! Du bist schließlich auf die Welt gekommen, um zu lernen." Ach ja? Wer sagt das? Vielleicht bin ich auch auf die Welt gekommen, um alles unvoreingenommen anzusehen?! Um nicht schon total abgestumpft zu sein. Damit ein Baum für mich ein Baum ist, und nicht nur ein Wort. Baum.

Wie auch immer. Mama umarmt Ella noch mal: „Ich bin so stolz auf dich!"

Und ganz ehrlich: Das kann ich mir leider auch nicht unvoreingenommen angucken. Mich nervt es richtig an! Weil ich es schon so oft mit angucken musste, wie Mama stolz auf Ella ist. Das stresst mich! Ich will auch mal was machen, bei dem alle stolz auf mich sind! Nur was?! Mir fällt leider nichts ein.

Papa kaut seinen Salat und er zwinkert mir über die Salatschüssel und den Käseteller zu. Er weiß, wie ich zu Schulsachen stehe. Glücklicherweise sind ihm gute Noten auch nicht so wichtig. Sondern dass man etwas findet, was einen glücklich macht. Ich denke, ich habe meine Einstellung von ihm. Nur, dass ich noch nicht gefunden habe, was mich glücklich macht. Kann ich doch nichts dafür! Auf Papas Händen sind noch ein paar kleine Farbspritzer. Denn er ist Maler. Nicht so einer, der Wände anmalt – sondern ein Künstler. Mit einem kleinen Atelier oben auf dem Dachboden über unserer Wohnung. An den Wänden stehen überall Leinwände, auf die Papa seine seltsamen Bilder gemalt hat. Ich gebe zu: Ich hab echte Schwierigkeiten zu erkennen, was diese bunten Kleckse überhaupt darstellen sollen. Irgendwie sehen die Bilder alle so aus, als hätte Papa einfach nur mit einem riesigen Pinseln total wild mit Farbe rumgeschmiert. Aber Mama meint: „Kinder, euer Vater ist künstlerisch sehr begabt!“

Trotzdem arbeitet Papa bis heute daran, ein Bild hinzubekommen, das alle aus den Schuhen haut. Bei dem alle endlich erkennen, dass er ein Genie ist und seine Gemälde zu schwindelerregenden Preisen kaufen wollen. Solange das nicht passiert, verdient er mit seiner Kunst auch nicht so viel Geld. Aber er hofft noch auf seinen Durchbruch. Er sagt: „Der Durchbruch kann manchmal auch erst kommen, wenn man schon längst tot ist. Wie bei Vincent van Gogh!“ Mama hofft auch auf Papas Durchbruch – und zwar noch zu Lebzeiten. Bis dahin spielt Mama eben jede Woche Lotto und geht in dem Kinderladen arbeiten, den sie zusammen mit ihrer Freundin Annika führt.

Ella nimmt ihren Teller und bringt ihn nach nebenan in die Küche. „Tja, Leute! So macht man das, wenn man später nicht am Hungertuch nagen will. Immer schön volle Leistung bringen.“

Mama und Papa gucken sich mit riesigen Augen an. Und ich gucke Mama und Papa mit riesigen Augen an. Es ist ja klar, wen Ella mit ihrem Satz meint: Unsere Eltern. Die offenbar nicht volle Leistung bringen, weswegen wir am Hungertuch nagen müssen. Na ja, also ganz so heftig ist es nicht – aber mit Geld rumschmeißen können wir jetzt auch nicht. Das, was Mama und Papa verdienen, reicht gerade so, dass wir über die Runden kommen. Aber ständig neue Klamotten sind nicht drin. Ich trage beispielsweise die alten Sachen von Ella auf. Und Ella trägt teilweise die alten Klamotten von Mama aus Studientagen auf – was sie echt zum Kotzen findet.

Ella kommt wieder aus der Küche und meint mit so einem Gewinnerlächeln: „Aber entspannt euch, Leute! Wenn ich meine erste Million gemacht habe, werdet ihr alle von mir neu eingekleidet. Und dann kaufe ich euch ein eigenes Haus mit Garten und zwei Autos und Mama schenke ich eine Kosmetikbehandlung.“

Damit marschiert Ella aus dem Wohnzimmer und knallt mit Schwung die Tür zu. Um zu signalisieren, dass sie die Power hat, uns alle zu retten. Gut, dass ich so entspannt bin und meiner Schwester das nicht übel nehme. Ehrlich gesagt bin ich froh, dass Ella uns im Zweifelsfall vor dem finanziellen Ruin retten würde. Mama räuspert sich und meint mit so einem echt besorgten Gesichtsausdruck: „Nicht, dass Ella größenwahnsinnig wird.“

Und Papa meint: „Ich finde es ganz wunderbar, wie unsere ärmlichen Verhältnisse dafür sorgen, dass Ella Millionärin werden will." Er grinst: „Wie wir gerade gehört haben, werden wir alle davon profitieren. Besonders du, mit deiner Kosmetikbehandlung."

Mama zieht die Augenbrauen hoch: „Meinst du, sie erzählt überall herum, wie wenig Geld wir haben?"

„Ja!", sage ich, um auch mal einen Beitrag zu leisten. Ich lege den Kopf schief und erkläre: „Hat sie erst neulich unserem Klavierlehrer gesagt, als der hier war."

„Was?" Mama guckt mich mit großen Augen an.

Und auch Papa muss ganz leicht nach Luft schnappen. „Wieso, Fanny? Was hat sie zu ihm gesagt?"

„Na ja," sage ich und lächle jetzt auch mal milde. „Als er kam und ... und ich vergessen hatte zu üben, hat Ella zu ihm gesagt, dass es wohl besser wäre, wenn wir meinen Unterricht ganz einfach streichen."

„Bitte?" Mama fallen fast die Augen aus dem Kopf.

Ich nicke. „Weil wir ihn uns sowieso nicht leisten können und dass das rausgeschmissenes Geld sei, mich zu unterrichten." Ich grinse. „Und ich finde, Ella hat recht. Es ist rausgeschmissenes Geld."

Jetzt gucken Mama und Papa mich sprachlos an. „Das heißt, du willst mit Klavier aufhören?"

Ich zucke mit den Schultern. „Es ist rausgeschmissenes Geld! Seit einem halben Jahr spiele ich schon Mozarts Türkischen Marsch und komme nicht von der Stelle – trotz Marsch." Ich lache. „Witzig, oder?"

Mama und Papa sagen gar nichts mehr. Sie räumen den

Abendbrottisch ab. Ich helfe mit dem Geschirr und trage es hinter ihnen her in unsere enge Küche, wo sich schon das Geschirr vom Frühstück in der Spüle stapelt. Unsere Spülmaschine ist nämlich seit letzter Woche kaputt und wir können uns gerade keine neue leisten.

Mama stellt den Käse und die Wurst in den Kühlschrank. Ihre Stimme klingt ein klein wenig wütend: „Gut, dann hörst du eben auf. Ist mir auch egal. Ich dachte, ein Instrument zu spielen ist wichtig, um deinen musischen Horizont zu erweitern. Aber wenn du nicht übst, bringt es auch nichts."

Papa packt das Brot zurück in den Brotkasten und meint so ein bisschen aufmunternd. „Prima, dann können wir uns von dem gesparten Geld in fünf Monaten eine neue Geschirrspülmaschine kaufen."

Er gibt Mama einen Kuss, die plötzlich ganz müde aussieht. Ich schätze, weil ihr gerade wieder eingefallen ist, dass wir noch dieses Referat über Mozart für meinen Musikunterricht machen müssen. Mozart! Mozart! Überall Mozart! Als würde der Typ mich interessieren. Das war auch so ein Streber, wie meine Schwester. Auf den waren bestimmt auch immer alle ganz furchtbar stolz. Mama sagt: „Fanny, das ist das letzte Mal, dass ich dir bei solchen Aufgaben helfe. Du musst das alleine hinbekommen."

Ich sage: „Kotz."

Und Mama seufzt. „Setz dich schon mal an deinen Schreibtisch. Ich bin gleich bei dir."

Ich stecke mir noch das letzte Tomatenstück aus der Salatschüssel in den Mund und gehe durch den Flur in mein

Zimmer, das ich mir mit meiner großen Schwester teile. Es tut mir leid, dass ich Mama so enttäusche. Aber ich kann doch auch nichts dafür, dass ich total lernbehindert bin und mich nicht für Klavier interessiere. Sollen sie doch froh sein, wenn Ella das alles so gut kann.

2. DIE BESTE SCHWESTER DER WELT!

Meine Schwester hat ihre lilafarbene Gymnastikmatte auf unserem gestreiften Teppich ausgerollt und ihren aufgeklappten Laptop auf unseren Schreibtisch gestellt. Über den Bildschirm hüpft gerade wieder diese blonde Fitness-Trainerin, die einen echt kniffligen Tanz vormacht, den Ella jetzt fast noch besser als die Lehrerin nachtanzt. Ich sage doch: Meine Schwester ist überall die Beste. Sie hüpft hin und her, schwingt ihr Bein herum, sodass ich aufpassen muss, nicht von ihrem Fuß getroffen zu werden.

Ella hat beim Tanzen schon mal so doll gegen unser Bücherregal getreten, dass es zusammengebrochen ist. Papa musste es dann wieder reparieren. Eine Nachttischlampe ist auch schon zu Bruch gegangen. Aber Ella meint: „Was soll ich machen? Ich brauche den Platz, um fit zu bleiben!"

Ich quetsche mich an der tanzenden Ella vorbei, Richtung Doppelstockbett. Auf dem Weg dorthin greife ich nach meinem Rucksack und setze mich damit unten auf mein Bett. So, wie es aussieht, kann ich mich gerade nicht an unseren Schreibtisch setzen. Da steht ja bereits der Laptop. Ich stopfe mir mein Kopfkissen hinten in den Rücken und ziehe den Reißverschluss von meinem Schulrucksack auf. Sofort stelle ich fest, dass ich leider mein Musikbuch und das dringend notwendige Buch über das Wunderkind Mozart in der Schule unter meinem Tisch liegen gelassen habe. Top Leistung, Fanny! Gleich kommt Mama rein und dann wird es richtig traurige Augen geben, weil ich meine sieben Sachen wieder mal nicht zusammenhabe. Um das zu verhindern, frage ich laut in die Discomusik hinein: „Ella?"

Ella reagiert nicht. Sie tanzt gnadenlos weiter. Hoch das Bein! Sie ist voll in ihrem Element. Sie springt hin und her, kreiselt mit den Armen und ich rufe noch mal: „Ella?!"

Jetzt dreht sich Ella zu mir herum und macht so einen komischen Ballettsprung. Sie keucht: „Was?!"

Und ich brülle: „Weißt du, wo diese Mozart-Hör-CD von dir ist?"

Ella schnippt mit den Fingern und dreht sich wieder um, sodass ich ihre schwarzen Leggings mit dem ausgeleierten Sport-T-Shirt von hinten bewundern kann. Sie ruft gegen die Musik an: „Keine Ahnung! Wahrscheinlich im Keller. In einem der aufgeweichten Kartons. Bestimmt gammelt sie schon. Wegen dem Wasserrohrbruch neulich."

Ich brülle, dabei heule ich fast: „Shit! Shit! Shit!" Ganz ehrlich? Normalerweise flippe ich nie so aus. Aber jetzt trete ich sogar vor Verzweiflung gegen unseren Bettpfosten und brülle noch mal: „SHIT!"

Ella ist so erstaunt, dass sie sich mit einem Hüpfer wieder umdreht. „Was ist denn bei dir los?"

Für gewöhnlich ist Ella diejenige, die Wutanfälle bekommt, wenn Sachen nicht so laufen, wie sie es sich vorgestellt hat. Sie schmeißt dann Türen oder schleudert Bücher durch die Gegend. Ich habe mich da wesentlich besser im Griff – was daran liegt, dass ich eigentlich nie so richtig eine feste Vorstellung habe, wie was laufen sollte, weshalb ich darum auch nur selten frustriert sein kann. Was praktisch ist. Aber Mama sagt: „Darum vergisst du dauernd deine sieben Sachen! Weil es dir egal ist!"

Und weil ich jetzt echt nicht noch mal von Mama hören will, was für eine Trantüte ich bin – vor allem nach dem begeisterten Anruf von Ellas Physiklehrer –, kriege ich jetzt die Krise. Zum ersten Mal in meinem Leben bekomme ich das Gefühl, ich habe es mit meiner Gleichgültigkeit zu weit getrieben. Mit einem Mal beschleicht mich ein bisschen die Angst, dass ich die Kurve nicht mehr kriege. Das fühlt sich richtig bekloppt an. Mir wäre es am liebsten, mir wären meine Leistungen weiterhin egal. Aber ganz plötzlich, mit der hüpfenden, leistungsstarken Ella vor meiner Nase, der müden Mama in der Küche, die sich jetzt mit mir abends noch ans Referat machen muss, ist es mir dummerweise nicht mehr egal. Ich schätze, ich sollte mich wirklich etwas mehr anstrengen. Das Problem ist nur: Ich weiß nicht, wie!

Ich kann kein Referat alleine machen. Schon gar nicht ohne Buch. Und das Buch würde mir auch nichts nützen, wenn Mama nicht neben mir sitzt und mir hilft, die einzelnen Kapitel auf die wichtigsten Informationen zusammenzukürzen. Ich weiß nämlich nicht, wie das geht! Weil ich das bisher total unwichtig fand und das immer Mama überlassen habe. Sowieso bin ich nicht so der Typ fürs Referate schreiben. Backen macht mir definitiv mehr Spaß. Cookies und Marmorkuchen. Aber ich kann ja nicht den lieben langen Tag backen – wer soll den ganzen Kuchen essen? Und einen Schulabschluss kann man damit auch nicht machen.

Ella wedelt tanzend vor meinem Gesicht herum: „Hallo! Fanny! Was ist los mit dir? Warum flippst du so aus?"

„Weil ich noch ein Referat über Mozart machen muss und mein Buch in der Schule liegen gelassen hab."

„Typisch!" Aber anstatt einfach ignorant weiterzutanzen, klappt sie plötzlich ihren Laptop zu und setzt sich außer Atem neben mich auf die Bettkante. Sie sieht mich streng an. Wie eine Erzieherin eben. Ich will nichts hören! Von meiner oberschlauen Schwester, die alles kann. Darum halte ich mir die Ohren zu und starre sie warnend an. Aber seltsamerweise lächelt Ella mit einem Mal total freundlich, greift nach meinen Handgelenken und zieht meine Hände von den Ohren. „Und da wolltest du dir die Mozart-Hör-CD anhören und mitschreiben?"

„Ja, so ungefähr", murmle ich. „Damit Mama nicht schon wieder enttäuscht ist."

Ella nickt. „Du bist echt süß! Weißt du das? Ich helfe dir. Mozart kenne ich wie meine eigene Westentasche. Wir machen dir ein super Referat." Meine große Schwester tätschelt mir so ein bisschen die Schulter und als Mama ihren Kopf zur Tür hereinsteckt und einigermaßen erschöpft bemerkt: „Fanny! Du sitzt ja immer noch nicht am Schreibtisch!", sagen Ella und ich wie aus einem Mund: „Du kannst dich ausruhen, Mama. Wir machen das Referat zusammen."

3. AUSGERECHNET HEUTE!

Hab ich es schon gesagt? Ich liebe meine große Schwester! Ohne sie hätte ich kein perfektes Mozart-Referat im Rucksack. In der Morgensonne laufe ich die Straße Richtung Schule hinunter und spiegle mich in den Schaufensterscheiben der Bäckerei, wo immer so ein paar Bürotypen in Anzügen herumstehen und hektisch ihren Kaffee trinken. Ich grinse meinem Spiegelbild zu und finde, ich sehe in Ellas ausgewaschenen Jeans und ihrem „I ♥ NY“-T-Shirt ziemlich erwachsen und gebildet aus. Ich weiß noch genau, wie Ella diese Kombination vor drei Jahren im Sommer anhatte und ich den Moment herbeigesehnt habe, in dem ich endlich in dieses Outfit hineinpasse. Ich gebe zu: Ich habe nicht exakt die sportliche Figur von Ella und auch nicht ihre Sonnenbräune. Trotzdem fühle ich mich gerade wie sie: Unbesiegbar.

Und zwar nicht nur, weil ich ihre Klamotten trage, sondern auch weil in meinem Schulrucksack dank Ella das perfekte Mozartreferat steckt. Ella sollte echt Lehrerin werden! Die kann einem so gut Sachen erklären. Total anschaulich. Endlich habe ich mal eine genauere Vorstellung von Mozart bekommen. Der Typ war gar kein Streber. Der war einfach nur richtig durch den Wind! Bereits mit vier Jahren hat der total komplexe Klavierstücke komponiert und bei sich zu Hause alle Stühle und Tische mit Zahlen und Noten vollgekritzelt. Weil sein Kopf voller Musik und Noten und sogar mathematischer Formeln war. Der konnte nicht anders. Der wäre sonst durchgedreht!

Klar wusste ich schon, dass er diese weiße komische Perücke auf dem Kopf hatte und ein Wunderkind war. Aber dass er auch noch ein Mathe-Genie war und nur sechsunddreißig Jahre alt geworden ist, hat mir meine Schwester verklickert. Außerdem hat Mozart ziemlich viel, na ja, Wein getrunken und ordentlich Partys gefeiert. Ich freue mich echt schon auf den Musikunterricht, wo ich das alles erzählen kann.

Zum Glück haben wir Musik gleich in der ersten Stunde. Ich bin mir ziemlich sicher, dass ich mit meinem Vortrag alle von den Stühlen reißen werde! Meine Musiklehrerin Frau Wohlfahrt wird sich nicht wieder einkriegen, dass ich so gut vorbereitet in ihren Unterricht komme und dafür sorge, dass ihre Stunde total erfolgreich verläuft. Vermutlich werde ich eine Eins bekommen. Schließlich kriegt meine Schwester auch für all ihre Referate eine Eins.

Ella hat mir heute Morgen im Badezimmer noch mal eingeschärft, worauf ich dringend beim Halten von Referaten achten sollte: „Laut und deutlich sprechen!“ Ich habe mir die Zähne geputzt und genickt. Meine Schwester hat sich einen Pferdeschwanz gemacht und mich im Spiegel streng angeguckt und mir befohlen: „Und nicht rumstammeln. Immer weiterreden. Mit so einem siegesgewissen Lächeln. Als hättest du den Käse studiert!“ Zum Schluss hat sie mir kräftig auf die Schulter gehauen und gemeint: „Enttäusch mich nicht!“

Ich biege um die nächste Straßenecke und von überallher kommen die Schüler herbeigeströmt. Mit ihren Ranzen, Turnbeuteln, Zeichenmappen und was sie sonst noch alles so dabeihaben. Mit einer Traube von anderen Kindern, die sich so ein bisschen schubsen und drängeln, latsche ich durchs Schultor, quer über den Schulhof, unter den Kastanienbäumen hinweg und dann ins Schulgebäude rein. Ganz schön prunkvoll hier drinnen. Das Gebäude stammt eindeutig noch aus dem vorletzten Jahrhundert. Überall Säulen, Steintreppen und farbige Fenster. Fällt mir eigentlich jetzt erst auf, wo ich in dieser speziellen Mozart-Stimmung bin.

Mit den anderen Schülern steige ich die breite Treppe ins erste Obergeschoss rauf und dann den Gang hinunter, direkt weiter in unser Klassenzimmer, wo ich mich auf meinen Platz setze. Neben Lucy, die ich leider nicht ausstehen kann, was daran liegt, dass sie mich nicht ausstehen kann. Um ehrlich zu sein, bin ich jetzt nicht übertrieben beliebt in der Klasse. Vielleicht weil ich rotbraune Haare habe. Oder extrem viele Sommersprossen. Oder weil meine Eltern was gegen zu viel Fernsehen haben, weil das ihrer Meinung nach die Fantasie zerstört. Oder weil mein bester Freund Joschi vor zwei Wochen mit seiner Familie übereilt in die dritte Welt nach Kambodscha gezogen ist und ich in der Klasse jetzt keinen besten Freund mehr habe.

Mit Joschi habe ich mich gleich am Anfang des Schuljahres angefreundet, weil wir beide niemanden hier in der Klasse kannten. Bei mir lag es daran, dass mich all meine Wunsch-Schulen, auf die meine anderen Grundschulfreunde gegangen sind, nicht wollten. Wegen meines superschlechten Zeugnisses. Bei Joschi lag es daran, dass seine Eltern wie gesagt bei so einer Hilfsorganisation arbeiten und er mit seiner Familie öfter mal in arme Länder umziehen muss und er darum nie für lange Zeit an einem Ort bleibt. Was echt heftig für ihn ist, weil er nirgendwo richtig zu Hause ist. Alle anderen aus meiner Klasse sind mit ihren drei besten Grundschulfreunden zusammengeblieben, sodass sie gleich Anschluss hatten. Weswegen Joschi und ich uns mit Absicht so ein bisschen abgekapselt haben. Wir dachten: Bevor die uns blöd finden, finden wir die blöd.

Ich stelle meinen Rucksack auf den Boden neben meinen Tisch und sage zu Lucy: „Hallo."

Sofort verdreht sie die Augen und meint: „*Whatever Major Loser!*" Was so viel heißt wie: „Was auch immer, du Total-Verlierer!" Dazu macht sie mit ihren Fingern so komische Verrenkungen vor ihrem Gesicht, die sie sich garantiert bei irgendeiner Fernsehserie abgeguckt hat. Sie ist echt richtig bekloppt, diese Lucy. Von daher müsste es mir eigentlich total egal sein, was sie von mir denkt. Nur leider ist Lucy-Bohnenstange – wie ich sie heimlich nenne – die Beliebteste in der Klasse. Was bedeutet, dass sie den Ton angibt und alle nach ihrer Pfeife tanzen und bei allem ihrer Meinung sind.

Ich frage mich, wie Lucy es hingekriegt hat, so das Sagen in unserer Klasse zu haben? Ich schätze, weil sie so wirkt, als hätte sie den Durchblick. Als wüsste sie, worauf es im Leben ankommt. Kann sein, dass es an ihrem BH liegt, mit dem sie in der Umkleide vor dem Sportunterricht immer mächtig angibt. Seitdem sie dieses Kleidungsstück so zelebriert, haben alle anderen Mädchen natürlich auch einen. Nur ich nicht. Weil ich noch keinen brauche, genau wie die meisten anderen Mädchen aus meiner Klasse. Trotzdem rennen sie alle damit herum. Außerdem lackieren sie sich die Fingernägel und manche schminken sich schon. Mama würde die Krise kriegen, wenn ich das machen würde. Von wegen: „Wo ist mein kleines Mädchen?" Als wäre ich nicht mehr wiederzuerkennen, wenn ich farbige Fingernägel hätte! Ganz ehrlich, manchmal wünschte ich, meine Eltern wären ein bisschen moderner. Dann hätte ich in der Klasse vermutlich auch nicht so große Probleme!

Lucy packt ihr Federmäppchen aus ihrem Rucksack auf den Tisch und zwar direkt auf meine Hälfte. Dazu sagt sie ihren Lieblingssatz: „Mach dich nicht so fett!"

Die Nummer bringt sie jeden Tag. Ich sage nichts mehr dazu, weil Lucy echt schnell zu reizen ist. Wenn man der widerspricht, kriegt die einen richtigen Rappel und kann nicht mehr aufhören zu schimpfen. Ich weiß das, weil ich zu Beginn des Schuljahres mal versucht habe, ihr Federmäppchen auf ihre Seite zurückzuschieben. Sie hat gleich so theatralisch nach Luft geschnappt und mit einem Blick in die Klasse gemeint: „Wow! Habt ihr das gesehen? Ich glaube, Fanny hat einen Knick in der Optik!" Und zack! Lag ihr Federmäppchen wieder auf meiner Seite. Das war übrigens der Tag, an dem

Joschi und ich beschlossen haben, dass wir in der Klasse Außenseiter sind und das richtig super finden.

Wie auch immer. Ich lege meinen Musikhefter und mein Federmäppchen auf meine Seite vom Tisch und fange an, mich in Gedanken mit Wolfgang Amadeus Mozart zu unterhalten. Allerdings nur, weil ich nicht weiß, mit wem ich mich sonst unterhalten soll. Joschi ist ja nicht mehr da. Der ist jetzt in Kambodscha. Keine Ahnung, wo genau das liegt. Irgendwo in Asien. Da geht er jetzt auf irgendeine neue Schule und muss sich einen neuen Außenseiter suchen, mit dem er sich anfreunden kann. Joschi hat es echt auch nicht leicht. Hauptsache, er kriegt da seine Energy-Drinks.

Rundherum auf den Tischen sitzen die anderen aus meiner Klasse, quatschen fröhlich, teilen sich ihre Pausenbrote und Müsliriegel und haben überhaupt keine Schwierigkeiten, sich blendend miteinander zu verstehen. Die haben ja auch alle BHs an und kennen sich mit sämtlichen Fernsehformaten aus. Lucy stöhnt neben mir, womit sie ihrer besten Freundin Nelly, die auf der anderen Seite von ihr sitzt, signalisiert, dass sie meine Gegenwart kaum aushält. Um mich davon nicht runterziehen zu lassen, sage ich in Gedanken: „Hallo, Wolfgang Amadeus, wie geht es dir heute so?"

„Sehr gut, liebe Fanny. Danke der Nachfrage. Gerade komponiere ich für die Tochter der österreichischen Kaiserin eine kleine, liebliche Sonate für süße Träume. Zuerst spielt die Oboe eine zarte Melodie, bis sie dann von der Klarinette abgelö…"

Bevor Wolfgang Amadeus mir in allen Einzelheiten von

seiner lieblichen Sonate für die Tochter der österreichischen Kaiserin erzählen kann, höre ich, wie Lucy zu Nelly sagt: „Die nervt echt so krass! Können wir bitte Plätze tauschen?"

Im Augenwinkel sehe ich, wie Nelly Lucy einen Vogel zeigt: „Sonst noch Wünsche?"

Lucy legt so flehend die Hände zusammen: „Ey, bitte!"

Aber Nelly schüttelt den Kopf. „Vergiss es! Bestimmt ist ihre Blödheit ansteckend."

Und Lucy meint: „Mach mir keine Angst! Hinterher kriege ich noch voll die fetten Pestbeulen!"

Ich versuche alles, um im Gespräch mit Mozart zu bleiben, aber es klappt nicht. Lucy und Nelly reden einfach zu laut. Zum Glück kommt unser Deutschlehrer Herr Wohlfahrt reingehetzt und unterbricht das Ganze. „Guten Morgen, Herrschaften! Superstress! Ich muss gleich wieder los. Eure Musiklehrerin Frau Wohlfahrt hatte an der Kreuzung beim Fernsehturm einen Auffahrunfall. Ich muss hin und sie abholen."

Unsere Klasse sagt gar nichts mehr. Niemand rührt sich. Herr Wohlfahrt guckt uns aufgeregt an. „Los, alle auf die Plätze setzen. Jetzt gibt's Stillarbeit."

Alle rutschen stumm von den Tischen auf ihre Stühle und blicken unseren Lehrer immer noch abwartend an, der, wie alle wissen, mit unserer Musiklehrerin Frau Wohlfahrt verheiratet ist. Aber das will er wohl nicht so an die große Glocke hängen. Darum spricht er grundsätzlich nur von „Frau Wohlfahrt" – total witzig.

„Okay!" Er klatscht in die Hände. „Hefte raus und dann schreibt Ihr alle einen Songtext."

Sofort meldet sich Lucy und meint mit so total anteilnehmender Stimme: „Was denn für einen Songtext, Herr Wohlfahrt? Irgendeinen? Geht auch von unseren Lieblingssängern?“

Bevor Herr Wohlfahrt überhaupt antworten kann, geht es schon rund in der Klasse. Plötzlich rufen alle Namen von irgendwelchen Sängern, von denen sie die Songtexte aufschreiben wollen. Ich muss nicht sagen, dass ich keinen einzigen Namen davon kenne – außer Beyoncé. Die kennt ja nun wirklich jeder. Ich kenne sie, weil ungefähr alle Mädchen aus meiner Klasse „die größten Fans aller Zeiten“ von ihr sind und wir ihre Lieder auf der letzten Klassenfahrt ununterbrochen im Bus hören mussten, dass sogar die Jungs irgendwann mit halbvollen Chipstüten um sich geworfen und gebrüllt haben: „Folter! Folter!“

Wie auch immer. Herr Wohlfahrt wedelt mit seinen Armen vor uns herum und ruft: „Nein! Nicht von Beyoncé oder wie die alle heißen! Ihr sollt selber einen Songtext schreiben. Auf Deutsch oder Englisch. Ganz egal. Hauptsache, ihr schreibt einen Songtext. Über ein Thema, das euch aktuell bewegt.“

Jetzt meldet sich Moritz, schräg vor mir: „Und worum soll es in dem Songtext gehen?“

Herr Wohlfahrt macht große Augen. „Wie ich gerade gesagt habe: Über ein Thema, das euch aktuell bewegt: Schule, Klamotten, Geld, Zukunft, Liebe …“

Und bei dem Wort „Liebe“ flippt unsere Klasse richtig aus. Die Jungs zappeln auf ihren Stühlen hin und her, als würden sie voll unter Strom stehen und die Mädchen kichern. Herr Wohlfahrt lächelt milde. „Okay, dann wisst ihr ja, was zu tun ist.“

Louis, unser Einserschüler, meldet sich aber trotzdem noch mal und fragt: „Und gibt es auch irgendeine Musik, zu der wir den Songtext schreiben sollen? Traurig? Melancholisch?" Plötzlich sieht er mich schräg von der Seite an. „Oder träumerisch?"

Mir läuft es eiskalt den Rücken runter. War das Absicht? Vermutlich nicht. Louis guckt schon wieder woanders hin, als sei nichts passiert, und Herr Wohlfahrt meint: „Nein. Die Musik komponiert ihr erst zu euren Songtexten, wenn Frau Wohlfahrt wieder da ist." Herr Wohlfahrt grinst. „Wer weiß, vielleicht haben wir hier in der Klasse auch ein paar echte Superstars!"

Wieder kichert die ganze Klasse. So, als seien tatsächlich ein paar von meinen Mitschülern der Auffassung, dass sie Superstar-Qualitäten haben und nur darauf warten, entdeckt zu werden. Louis bemerkt, wieder mit so einem komischen Blick in meine Richtung: „Gut, dann entscheide ich mich für leidenschaftlich."

Ich übergehe das und melde mich zu meiner Überraschung auch noch schnell, weil ich tatsächlich ebenfalls eine dringende Frage habe. „Wissen Sie zufällig, wann Ihre Frau wiederkommt? Weil ich heute eigentlich ein Referat halten sollte."

Plötzlich ist es in der Klasse still. Und Lucy schlägt sich sogar die Hand vor den Mund, als hätte ich ein Schwerverbrechen begangen. „Hallo! Hast du kein Mitgefühl!? Frau Wohlfahrt hatte einen Unfall! Vielleicht ist sie schwer verletzt! Denkst du eigentlich nur an dich?!"

Und auch unser Deutschlehrer zieht ein bisschen irritiert die Augenbrauen hoch.

Ich stottere: „Ich wollte doch nur wissen …“

Aber da sagt Lucy schon mit so einem leichten Kopfschütteln: „Du hast echt nicht mehr alle Tassen im Schrank.“

Und mir laufen die Tränen runter. Obwohl ich das gar nicht will. Ich sage: „So habe ich meine Frage doch gar nicht gemeint …“ Ich wollte ja nur nicht nach der Schule zu Hause sitzen und nicht wissen, was jetzt mit meinem Referat ist. Jetzt, wo ich gerade so im Thema drin bin. Ist das wirklich so ein Verbrechen? Anscheinend schon!

Herr Wohlfahrt klatscht in die Hände, um wieder Ruhe reinzubringen und meint: „Schon gut, Fanny. So bedrohlich war der Unfall ja nicht. Heute Mittag wissen wir mehr.“ Er lächelt mir so ein bisschen aufmunternd zu und dann ist er auch schon wieder draußen. Als mein Blick zufällig Louis streift, der auf dem Weg zum Mülleimer ist, macht er eine komische Grimasse, die ich nicht deuten kann. Wahrscheinlich will er mir damit sagen, dass er mich und mein Referat total lächerlich findet. Schließlich ist er unser Einser-Schüler. Blödmann! Als könnte nur er Einsen kriegen! Dem werde ich es zeigen!

Gerade, als ich mich zur Ablenkung schnell mit meinem Songtext beschäftigen will, in dem ich mal ausführlich aufschreiben will, wie bekloppt ich eigentlich Lucy und meine Klassenkameraden finde, die total eingebildet sind und ständig denken, dass sie über mich urteilen können, fliegt mir irgendetwas extrem Hartes von hinten gegen meinen Kopf. Wie ein gewaltiger Schlag. Ich denke noch: „Was war das?“

Danach ist alles schwarz.

4. WO BIN ICH?

Über mir ist Himmel. Blauer Himmel mit Wattewolken. Sehr hübsch. Ich fühle mich, als sei ich gestorben und jetzt irgendwie wieder auferstanden. Ich atme. Das heißt, ich lebe. Ich liege auf dem Rücken und aus dem Augenwinkel sehe ich ringsherum Bäume, deren Kronen seltsam quadratisch zurechtgeschnitten sind. Unter mir ist offenbar Gras. Zumindest fühlt sich das an meinen Händen so an. Von irgendwoher höre ich Stimmen. Sie kommen näher. Klingt nach einer aufgeregten Mädchenstimme und nach einem Jungen. Ich will mich aufrichten. Aber mein Kopf ist so schwer, dass ich ihn keinen Millimeter vom Boden anheben kann. Ich blinzle in die Sonne und frage mich, wo genau ich bin.

Gerade war ich noch in unserem Klassenzimmer. Lucy war wie immer doof. Und dann habe ich einen heftigen Schlag gegen den Kopf gekriegt. Danach war alles schwarz. An mehr erinnere ich mich nicht.

„Hallo, *Monsieur*?" Ein Mädchen beugt sich über mich. Sie ist vermutlich so alt wie ich. Allerdings hat sie ein komisch aufgebauschtes Kleid an, sieht aus, als hätte sie es Elsa, der Eisprinzessin, geklaut. Und auf dem Kopf hat sie eine weiße Perücke. So eine wie Mozart! Nur noch viel voluminöser, mit solchen Kringel-Löckchen an den Seiten. Außerdem hat sie rote Kirschlippen. Sie guckt mich aus riesigen hellblauen Augen an. „Hast du dir wehgetan, mein Bettelknabe?"

Mein Bettelknabe? Meint sie mich damit? Neben ihr taucht ein kleiner Junge auf. Schätze, er ist ungefähr sieben Jahre alt. Ebenfalls mit Perücke auf dem Kopf und glänzendem violetten Anzug. Er meint zu dem Mädchen: „Du solltest den Bettelknaben besser fragen, ob *du* ihm wehgetan hast!"

Das Mädchen stemmt empört die Fäuste in die Seiten. „Ich habe ihm nicht wehgetan! Kann ich doch nichts dafür, wenn *er* mit seinem Kopf gegen meine goldene Kugel springt."

„Die *du* geworfen hast!", sagt der kleine Junge, der offenbar keine Angst vor dem großen Mädchen hat – obwohl sie ihm jetzt eins mit ihrem Fächer über den Kopf zieht.

„Werd' nicht frech, junger Mann! Sonst erzähle ich es *Maman* und dann darfst du heute Abend nicht dabei sein, wenn die Gesellschaft Menuett tanzt!"

„Dann sage ich *Maman,* dass du gestern, obwohl sie es verboten hatte, in den Wasserspielen gebadet hast!"

Doch anstatt sich weiter um die Androhung des kleinen Jungen, der also offenbar ihr Bruder ist, zu kümmern, beugt sich das Mädchen wieder zu mir herunter. „Hallo! Bettelknabe! Hörst du mich?"

„Ja", sage ich matt und würde wirklich gerne wissen, wo ich hier gelandet bin!

„Wie heißt du?" Das Mädchen stupst mich mit ihrem zusammengeklappten Fächer an und sie duftet ziemlich stark nach Parfüm.

„Hab ich vergessen", sage ich mit kratziger Stimme. Weil ich es wirklich vor Schreck vergessen habe. Ich habe echt große Probleme zu verstehen, was hier vor sich geht, wo ich bin und warum diese zwei denken, ich sei ein Bettelknabe. Um etwas Licht ins Dunkel zu bringen, frage ich: „Wo bin ich?"

„In unserem großen Garten", sagt der kleine Junge und drängt sich neben seine Schwester. „Wie bist du über die hohen Mauern gekommen? Wenn dich die Wachen erwischt hätten, hätten sie dich in den Kerker geworfen!"

„Welche Wachen? Und was für ein Kerker?" Wovon reden die beiden? Ist heute irgendwie Kostümfest und ich habe es vergessen? Bin ich alleine hier? Oder ist meine Klasse auch irgendwo? Ich würde so gerne aufstehen und mich umsehen. Ich versuche es noch einmal und zumindest schaffe ich es, mich auf die Seite zu rollen. Schräg vor mir erkenne ich ein Schloss mit gelber Fassade, einer grünen Kuppel und großen Fenstern. Was hat das zu bedeuten? Hier war ich noch nie, da bin ich mir sicher. Mit meiner Familie war ich im letzten Sommer zwar auch schon mal in einem Barock-Garten, als wir meine Oma in Süddeutschland besucht haben, aber der sah irgendwie anders aus. Ich verstehe echt nichts mehr!

Gerade als ich mich mit den Armen hochstemmen will, stößt das Mädchen einen entsetzlichen Schrei aus. „Poldi! Siehst du das? Der Bettelknabe ist voller Blut! Ich habe ihn umgebracht."

Neben mir sinkt das Mädchen in ihrem Elsa-Eisprinzessin-Kostüm mit einem Seufzer ins Gras und bleibt reglos liegen. Der kleine Junge schüttelt unwillig den Kopf: „Oh, bitte! Nicht schon wieder! Warum müssen Mädchen ständig ohnmächtig werden? Was für eine *Provocation!*"

Er kramt in seinen Anzugtaschen, holt so ein komisches kleines Fläschchen hervor und hält es seiner weggetretenen Schwester unter die Nase. „So, *Mademoiselle*! Bitte einmal riechen!" Dann klopft er seiner ohnmächtigen Schwester noch ein paar Male auf die Wange und sagt: „Hallo! Theresa! Aufwachen!"

Und zack! Ist Theresa wieder wach. Sie setzt sich auf und haucht: „Oh, war ich wieder ohnmächtig?" Dann klimpert sie ein paarmal dramatisch mit den Augen und sieht mich an. Dann ihren kleinen Bruder. „Poldi! Hol sofort ein paar von den Dienern! Sie müssen unseren Bettelknaben hier ins Schloss tragen!"

Mich? Warum? Poldi rennt los. In seinem glänzenden Seidenanzug und seiner Perücke den sandigen Weg hinunter, dass es nur so staubt. Ich weiß wirklich nicht, was hier läuft. Eins kann ich aber schon mal sagen: Offenbar lieben es alle großen Schwestern, Befehle an ihre kleinen Geschwister auszuteilen. Endlich schaffe ich es, mich aufzurichten. Theresa hilft mir sogar ein kleines bisschen, indem sie mich mit zwei Fingern am T-Shirt-Ärmel hochzieht. Zu meiner großen Erleichterung sehe ich, dass ich noch immer die Jeans von Ella trage. Und auch ihr T-Shirt. Das heißt, ich kann gar nicht gestorben und wieder auferstanden sein. Außerdem habe ich entsetzliche Kopfschmerzen, die vermutlich von diesem

Schlag kommen, den ich eben im Klassenzimmer abgekriegt habe. Ich taste vorsichtig meinen Hinterkopf ab, um zu sehen, ob ich tatsächlich blute. Dabei fixiert mich diese Theresa mit weit aufgerissenen Augen. Sie ist ziemlich bleich im Gesicht. Fast grün.

Sie sagt total mitfühlend: „Tut mir wirklich leid, dass ich dich mit meiner goldenen Kugel am Kopf getroffen habe. Aber ich hab dich nicht gesehen, als du da plötzlich aus den Büschen rausgehüpft bist."

„Aus welchen Büschen bin ich denn rausgehüpft?"

„Na, aus denen da drüben!" Theresa streckt ihren Arm aus und zeigt hinüber zu so ein paar hohen, akkurat geschnittenen Hecken. „Plötzlich kamst du aus der Hecke gehopst, bist quer über unsere Blumenrabatten gelaufen, meine goldene Kugel, die ich gerade geworfen hatte, ist von hinten gegen deinen Kopf geflogen und dann hast du hier auf dem Rasen die Besinnung verloren."

„Echt?" Ich kann es gar nicht glauben. Das klingt ziemlich seltsam. Wieso sollte ich aus dieser Hecke in diesen komischen Barock-Garten hopsen, quer über Blumenbeete laufen, direkt in die Flugbahn von einer goldenen Kugel? Das ergibt keinen Sinn!

„Aber ja!" Sie nickt. „Sah ziemlich witzig aus, wenn du mich fragst!"

Jetzt, wo ich sitze, lasse ich meinen Blick ein bisschen panoramamäßig durch den weitläufigen Garten schweifen. Um genau zu sein, ist es gar kein Garten. Es ist ein gigantischer Park. Mit diesen seltsam geschnittenen Bäumen, die wie grüne Würfel auf Stangen aussehen. Außerdem plätschern überall Wasserspiele und am Ende dieser Würfel-Baumreihe schießt eine riesige Fontaine in den Himmel. Hier und da entdecke ich hübsche Lauben, mit pinkfarbenen Rosen umrankt, und vor den Hecken stehen weiße, nackte Steinfiguren auf Marmorsockeln herum. Und das Ganze wird weit hinten von einem tiefgrünen Wald begrenzt.

Um wenigstens ein wenig Klarheit über meine Situation und den Anlass dieser Kostümierung zu erlangen, frage ich Theresa: „Und wieso hast du dieses Kleid an?“

Sofort läuft Theresa knallrot an. Sie stottert: „Ähm … ähm … diese Frage von einem Bettelknaben überrascht mich doch sehr.“ Sie fummelt an ihrem aufgebauschten Reifrock herum, als würde sie etwas suchen. „Wo ist denn jetzt mein Fächer?“

Ich hebe beruhigend die Hand. „Muss dir nicht peinlich sein, dass du das Kleid von der Eisprinzessin Elsa anhast. Ich will nur wissen, wieso?!“

„Die Eisprinzessin Elsa? Zu welchem Königshaus gehört sie?“

Ich zucke mit den Schultern. „Keine Ahnung? Ist eine Figur aus so einem Disney-Film.“

„Einem Disney-Film?“ Theresa wiederholt plötzlich alles, was ich sage. „Was ist denn ein Disney-Film?“

„Ähm …?“ Das wird ja immer komischer hier. So kommen wir nicht weiter, wenn diese Theresa nicht bereit ist, ihre zweihundertfünfzig Jahre alte Rokoko-Rolle aufzugeben und sich wie ein normaler Mensch zu benehmen. Fangen wir noch mal ganz von vorne an und machen einen Schritt nach dem anderen. Ich sage: „Ähm, mir ist jetzt wieder eingefallen, wie ich heiße."

„Prächtig." Theresa lächelt unsicher. Ich merke, wie sie sich heimlich ein wenig umsieht, ob ihr kleiner Bruder endlich mal mit den Dienern erscheint. Offenbar komme ich ihr mindestens genauso rätselhaft vor, wie sie mir! Langsam befürchte ich, irgendetwas stimmt hier nicht. Es ist, als würde ich träumen oder so. Alles wirkt so merkwürdig unwirklich. Theresa kichert verlegen und vermutlich wäre es besser, ihr möglichst schnell zu signalisieren, dass ich nicht vorhabe, hier jemandem etwas zu tun – wobei ich, wie gesagt, nicht mal weiß, wo ich überhaupt gelandet bin. Aber wir werden es rausbekommen. Mein bester Freund Joschi meinte immer: „Wenn du dir in der Fremde Freunde machen willst, zeig auf dich und sag den Leuten als Erstes deinen Namen." Und er musste es wissen, schließlich ist er des Öfteren von einem Kontinent zum anderen gezogen, ohne die dazugehörigen Sprachen zu kennen.

Ich zeige also auf mich und sage: „Ich bin Fanny."

„Fanny? Das ist aber ein komischer Jungenname", meint dieses Mädchen mit der Perücke und guckt sich weiter um, bis sie zumindest ihren Fächer im Gras wiedergefunden hat und sich damit eilig Luft zufächelt und so tut, als hätte sie Atemnot.

„Ich bin kein Junge", erkläre ich freundlich. „Ich bin ein Mädchen." Wobei ich finde, dass das eigentlich klar sein müsste.

Theresa schüttelt den Kopf. „Kann gar nicht sein. Guck dich

doch mal an, wie du herumläufst. In solchen komischen Beinkleidern und so einem Leibchen. Du musst sehr arm sein. Wolltest du uns beklauen?"

„Beklauen? Nein!" Ich schüttle empört den Kopf, was ziemlich wehtut. Ich sage: „Da, wo ich herkomme, laufen alle Mädchen so herum."

„Wo kommst du denn her? Aus Indien?" Theresa rückt jetzt doch etwas näher zu mir heran. Nur, um mal kurz den Stoff von meinem T-Shirt anzufassen. Plötzlich ist sie überrascht und kriegt wieder ihre riesigen Augen. „Das ist aber … sehr feines Leinen."

„Das ist kein Leinen. Das ist Hundertprozent Baumwolle", erkläre ich.

„Baumwolle?", haucht Theresa, springt auf und macht einen Knicks. „Wie exotisch! Entschuldige! Ich wollte dich nicht beleidigen!" Sofort wedelt sie wieder mit ihrem Fächer los. „Kommt dein Gewand direkt aus Venedig oder aus Indien? Aus Indien, richtig? Ich hab's gewusst! Du bist ein indischer Prinz! Dieser Stoff muss sehr kostbar sein. Viel kostbarer als mein lumpiges Seidenkleid."

„Schon möglich", sage ich, um nicht für noch mehr Verwirrung zu sorgen. Keine Ahnung, wie diese Theresa darauf kommt, dass das T-Shirt von meiner Schwester Ella mehr wert ist als ihr aufwendig besticktes Seidenkleid. Ich meine, das T-Shirt ist schon ziemlich ausgeleiert. Aber wahrscheinlich kommt es tatsächlich irgendwo aus der Nähe von Indien.

Theresa hockt sich wieder neben mich. „Darf ich dieses feine, kostbare Tuch noch einmal berühren?"

„Sicher.“

Sie streicht über meinen Ärmel und haucht. „Wenn ich doch nur so etwas Feines besitzen könnte. Ich habe noch nie so eine feine Webart gesehen. Schau doch mal, wie zart diese kleinen Schlaufen sind. Dafür brauchst du ja ein Vergrößerungsglas, um sie mit dem bloßen Auge zu erkennen. Meine *Maman* wird entzückt sein, wenn sie das sieht!“

Ich lächle. Das Ganze ist echt ziemlich schräg. Aber na ja. Zumindest scheinen wir uns langsam anzufreunden, was gut ist, weil Poldi mit drei Dienern ankommt, die ebenfalls aussehen wie Mozart – nur in groß. Einer von den drei Dienern läuft auf mich zu, kniet sich neben mich ins Gras und hebt mich einfach auf seine Arme. Bevor ich noch irgendetwas sagen kann, rennt er schon mit mir den Weg hinunter, direkt aufs Schloss zu. Die anderen Diener folgen. Leider kann ich nicht sehen, ob Theresa und Poldi nachkommen.

Der Typ kann echt ziemlich schnell laufen. Während wir unterwegs zum Schloss sind, sehe ich mir die Goldknöpfe von seiner Uniform genauer an. Jeder einzelne Knopf hat ein Wappen mit zwei Löwen und einer Krone drauf. Allerdings muss ich sagen: der Diener müffelt ein klein wenig, als hätte er länger nicht geduscht. Na ja. Kann passieren. Ist schließlich warm draußen. Er keucht

Er rennt die Treppen zum Schlosseingang hinauf und dann geht es auch schon direkt ins Schloss hinein. Durch eine hohe Flügeltür, in einen riesigen Saal. Über mir schwebt ein hellblauer Himmel mit puffigen Wölkchen und rosa Engelchen. Das gigantische Deckengemälde ist mit goldenen Blumenranken eingefasst, von denen goldene Trauben und Blätter herunterhängen. Als ich noch total begeistert die Bemalung bestaune, werde ich auf so ein zierliches Seidensofa gelegt und bekomme von einem anderen Diener einen kühlen Lappen auf die Stirn. Theresa und Poldi tauchen wieder auf, stellen sich neben das rosafarbene Sofa, dessen Lehnen ebenfalls vergoldet sind, und Poldi fragt: „Wird der Junge es überleben?“

5. ICH GLAUBE, ICH TRÄUME!

Theresa hält meine Hand und tätschelt sie sanft, während mir ihr „Leibarzt“, wie sie ihn die ganze Zeit nennt, die kleine Wunde am Hinterkopf verarztet. Er stöhnt dabei so komisch herum, als würde er sich schreckliche Sorgen um mich machen. Ganz ehrlich? Ich mache mir keine Sorgen. Als ich fünf Jahre alt war, bin ich auf dem Spielplatz von der Schaukel auf den Hinterkopf geknallt. Hat auch ein bisschen geblutet. Mama hat die Wunde desinfiziert. Das war's. Keine weiteren Schäden. Wir sind nicht mal ins Krankenhaus gefahren. Mama meinte: „Das verheilt von alleine.“

Das sage ich jetzt auch mit so einem beruhigenden Lächeln zu Theresa: „Das verheilt von alleine.“

Aber sie macht ein total sorgenvolles Gesicht und ich höre, wie Poldi leise den Leibarzt fragt: „Kriegt er jetzt Wundstarrkrampf?“

Bevor der Leibarzt antworten kann, hat Theresa Poldi schon gegen das Schienbein getreten. „Halt die Klappe!“

Poldi heult auf und boxt Theresa gegen den Oberarm. „Spinnst du, mich mit deinen Schnallenschuhen zu treten?

Maman hat dir schon tausend Mal gesagt, dass du das nicht machen sollst!“

Ich schwöre, fast prügeln sich die beiden in ihren Seidenklamotten neben dem Sofa, obwohl der Arzt gerade meine Kopfverletzung versorgt. Zum Glück schreiten sofort die Diener ein, die um mein Sofa herumstehen, und halten schützend ihre Arme zwischen die Geschwister und meinen Kopf. Als der Leibarzt schließlich fertig ist, kniet er sich in seinem hellbraunen Seidenmantel und der weißen Perücke vor mich auf den Boden und meint mit ernster Stimme: „Ich habe jetzt die Wunde gereinigt und werde später noch einmal nach dir sehen. Du solltest dich jetzt dringend etwas ausruhen, bis wir wissen, ob du eine *Commotio cerebri* hast.“

„Eine was?“, frage ich und fange nun doch langsam an, mir Sorgen zu machen. Eine *Commotio cerebri* klingt furchtbar! Als gäbe es für solch eine Sache keine Medizin! Der Leibarzt seufzt wieder und klopft mir aufmunternd auf die Hand, während Theresa sich nun neben ihn stellt und bekümmert den Kopf schüttelt. Ich sehe sogar, wie ihr eine Träne übers Gesicht läuft.

Sie haucht: „Der Doktor meint, dass es sein könnte, dass du vielleicht eine Erschütterung des Gehirns hast.“

Und zack, kniet sie ebenfalls vor dem Sofa und greift nach meinen Händen. „Verzeih mir, was ich dir angetan habe. Mein Vater wird sofort Kontakt zu deiner indischen Familie aufnehmen und ihnen Geschenke schicken lassen, bis du genesen bist.“

„Gut.“ Der Leibarzt lächelt so ein bisschen milde und erhebt sich. „Dann werden dich die Diener nun erst einmal in eins der Schlafgemächer bringen. Wir sehen uns später. *Au revoir*."

Der Arzt verschwindet mit seinem Arztkoffer und klackernden Absätzen über den spiegelnden Marmorboden und ich sehe in diesen riesigen Saal hinein, in dem das Sofa steht, auf dem ich liege. Die hohen Fenster haben goldene Rahmen und reichen vom Boden bis zur prunkvollen Decke. Überall vor den Fenstern stehen eingetopfte Palmen und ganz hinten entdecke ich einen braunen glänzenden Flügel und gleich muss ich wieder an mein fantastisches Mozart-Referat denken. Zum ersten Mal in meinem Leben war ich wirklich bestens vorbereitet! Warum musste Frau Wohlfahrt ausgerechnet an diesem Tag ihren Auffahrunfall haben? Ich hätte das Referat so gerne gehalten. Hätte sie den Unfall nicht gehabt, wäre sie pünktlich in der Klasse gewesen, ich hätte kein Buch oder was auch immer gegen den Hinterkopf bekommen und wäre wahrscheinlich nicht in diesem seltsamen Rokoko-Schloss gelandet.

An jedem anderen Tag hätte mir Frau Wohlfahrts Unfall sehr gut gepasst, um dem Unterricht zu entgehen. Nur heute nicht! Vermutlich hätte ich eine Eins bekommen und Mama und Papa wären stolz auf mich gewesen. Ehrlich! Ich könnte jetzt auch heulen. Poldi setzt sich dicht zu mir heran auf das seidige Sofapolster. Er sagt: „Es wird bestimmt alles gut. Ich hatte auch schon mal so eine schlimme Verletzung am Kopf, an der ich fast gestorben wäre. Es war wirklich sehr knapp. Ich war schon im *Delirium*."

Was ist das nun wieder? Diese Leute schmeißen die ganze Zeit mit irgendwelchen Fremdwörtern um sich, die kein Mensch versteht. *Delirium*. Muss ich mir merken und später mal nachfragen. Poldi streicht mir übers Haar. Er ist wirklich niedlich mit seiner Mozart-Perücke und diesem violetten Anzug mit den Goldknöpfen. Ich schätze mal, er ist höchstens sieben Jahre alt, so ungefähr wie Ludwig, der mit seiner Familie eine Etage unter uns wohnt. Wenn ich ehrlich bin, sehen sich die beiden Jungs irgendwie sogar ziemlich ähnlich. Darum fühle ich mich in seiner Gegenwart auch nicht ganz so verloren. Er sagt mitfühlend: „Ich hoffe wirklich, du kriegst keinen Wundstarrkrampf."

Bevor ich fragen kann, was das jetzt Schlimmes ist, wird er von einem der Diener zur Seite geschoben, damit ich von einem anderen Diener hochgehoben werden kann. Was nicht passiert, denn plötzlich taucht über der Schulter des Dieners eine riesige weiße Perücke mit rosa Rüschen auf, wie eine gigantische Sahnetorte! Dann das wunderschöne Gesicht einer weiß gepuderten Dame in einem knisternden und rauschenden zartrosa Seidenkleid. Sie ruft mit dramatischer Stimme: „Ich höre, ein Kind ist schwer verletzt? Durch Theresas goldene Kugel?! Wie geht es dem armen Geschöpf?"

Sie sieht auf mich herunter, während sie sich mit ihrem Fächer aufgeregt Luft zufächelt. Als sie meine abgetragenen Jeans und das ausgeleierte T-Shirt entdeckt, bekommt sie große Augen und fragt: „Um alles in der Welt! Woher kommt diese eigenwillige Kreatur?"

Theresa sagt: „Ich glaube, aus Indien, *Maman*! Sieh doch nur den feinen Baumwollstoff!"

Die beiden Diener weichen augenblicklich mit tiefen Verbeugungen zurück, sodass sich die Dame in ihrem wunderschönen Seidenkleid zu mir setzen kann. Um sie herum ist eine riesige Wolke von zartrosa Seide. Goldene Schleifen. Bommeln und Blüten. Sie hat ebenfalls solche roten Kirschlippen wie Theresa und einen großen Schönheitsfleck auf der Wange. Ihre Augen sind feucht, als sie ruft: „*Mon Dieu*! Wie blass er ist, der kleine Goldengel! Seht euch sein goldenes Haar an! Und dieses feine Tuch." Sie streicht über meine Haare, dann über mein T-Shirt, als hätte sie so etwas noch nie gesehen. „Wie wunderschön betörend! So ganz ohne Perücke! Wie wagemutig! Trägt man das jetzt so in Indien?"

„Ich denke, ich habe …", stottere ich.

Aber die schöne Dame spricht gleich weiter, so, als hätte ich gar nichts gesagt. „Wem und wohin sollen wir eine Nachricht senden, dass du wohlbehalten in unserer Obhut bist?"

Es dauert einen Augenblick, bis ich verstanden habe, was genau die Frage war. Dann sage ich: „Könnten Sie vielleicht einfach nur meine Eltern anrufen, dass die mich abholen kommen?"

Mir ist echt schon egal, dass mich hier alle trotz meiner rötlichen Haare für einen indischen Jungen halten. Ich will einfach nur noch nach Hause. Die Diener tuscheln aufgeregt miteinander und der eine, der mich vorhin getragen hat, beugt sich zu mir herunter und raunt in mein Ohr: „Bitte etwas mehr Respekt, junger Mann. Du sprichst mit der Königin."

„Aha?" Bevor ich mir auch noch darüber Gedanken machen kann, dass neben mir angeblich eine Königin auf der

Sofakante sitzt, scheucht sie die Diener mit einer kleinen Handbewegung weg.

„Kusch! Kusch! Lasst unseren Gast reden! Seine Unverfrorenheit amüsiert mich!“

Die Diener ziehen sich mit mehreren tiefen Verbeugungen neben die schweren Vorhänge zurück. Und die Königin lächelt interessiert. „Anrufen? Was meinst du mit ›anrufen‹? Wir können einen Boten schicken. Er nimmt unser schnellstes Pferd. Wie wäre das? Logiert deine Familie hier irgendwo in der Nähe?“

Ich frage matt: „Haben Sie kein Telefon?“ Dabei ahne ich natürlich schon die niederschmetternde Antwort …

„Telefon?“ Die Königin lächelt jetzt nicht mehr. Ratlos sieht sie die Diener an, die auch nur mit den Schultern zucken und etwas ängstlich aussehen. Habe ich es nicht gesagt? Diese Leute hier kennen kein Telefon! Sie denken ja auch, ich kriege Wundstarrkrampf! Wahrscheinlich muss ich langsam der Tatsache ins Auge sehen, dass ich irgendwo gelandet bin, wo man noch immer so lebt wie zu Mozarts Zeiten. Offenbar gibt's so was. Vielleicht bin ich auch nur ohnmächtig und träume das alles. Wenn dem so sein sollte, werde ich ja vermutlich demnächst wieder aufwachen. Es sei denn, es handelt sich um ein Koma!

Die Königin seufzt und tätschelt mir die Wange. „Mein armer Junge, du bist noch ein wenig durcheinander. Sagst du mir, wo wir deine wertgeschätzte Familie finden?“

Ich räuspere mich. Ein Versuch kann ja nicht schaden. „In der Kastanienallee 21. Im Prenzlauer Berg.“

„Hach! Das ist nicht so weit. Oder doch? Habt ihr ein kleines Sommerschloss in der Kastanienallee? Ich kenne mich außerhalb unseres Schlosses nicht sonderlich gut aus. Wir haben so viel Platz hier. Da gehe ich nicht oft vor die Tür."

Sie wendet sich zu den Dienern um. „Reite doch einer voraus und eine Kutsche soll folgen und die indischen Herrschaften direkt zu uns holen, damit sie heute Abend gleich beim Fest dabei sind, wenn der kleine Mozart sein eigens komponiertes Menuett zum Besten gibt. Wie wunderbar! Interkontinentale Beziehungen!"

Ich reiße die Augen auf. „Mozart kommt?"

Die Königin in ihrem rosa Ballonkleid kriegt gleich ganz rote Wangen vor Aufregung. „Ist das nicht abenteuerlich und erhaben?"

Ich frage: „Der echte Wolfgang Amadeus Mozart? Das Wunderkind?"

Sie nickt. Und Poldi nickt auch. „Die Köchin hat extra Kaiserschmarrn für ihn eingeplant. Den mag er so gerne!"

Theresa kriegt plötzlich so einen seltsam missmutigen Gesichtsausdruck. Schnell fächelt sie sich Luft zu und meint schnippisch: „Hauptsache, er kommt nicht nur wegen unserem Kaiserschmarrn."

Das ist alles so krass merkwürdig! Vermutlich sollte ich einfach langsam einsehen, dass ich träume. Ich träume! Was soll's? Witziger Traum! Gleich wache ich auf und liege garantiert auf der Krankenstation von unserer Schule und die Sekretärin bringt mir das Kühlkissen.

Die elegante *Maman* klatscht in die Hände und ruft. „Wie entzückend! Überraschungsgäste aus Übersee!"

Und schon schwirren die Diener in ihren hellblauen Seidenmänteln und weißen Kniestrümpfen in alle Richtungen aus, um die Abholung meiner indischen Eltern mit der Kutsche einzuleiten. Ich habe keine Ahnung, wie das funktionieren soll! Ich warte einfach ab, dass ich aus meiner Ohnmacht erwache. Ich wundere mich allerdings etwas, wie lange die schon dauert – aber irgendwann muss man doch wieder aufwachen! Es sei denn, es handelt sich tatsächlich um ein Koma. Na dann gute Nacht! So was kann ja bekanntlich Jahre dauern! Hat mir jedenfalls Joschi erzählt. Der wusste das, weil ein Kollege von seinem Vater einmal im Dschungel mit einem Hubschrauber abgestürzt ist und wegen seiner Kopfverletzungen zehn Jahre lang nicht mehr aufgewacht ist.

Die wunderschöne Dame streichelt mir über die Wange und sagt: „So, nun trägt dich einer unserer Diener in dein Gästezimmer. Da öffnen wir die Türen zur Terrasse, du schnappst etwas frische Luft, machst ein Nickerchen, trinkst einen Kaffee mit einem Klecks Senf und dann schauen wir mal, ob es dir schon wieder besser geht." Und bevor ich sagen kann, dass ich eigentlich keinen Kaffee trinke, schon gar nicht mit einem Klecks Senf, meint sie mit neidischem Blick auf mein T-Shirt: „Und später verrätst du uns noch, bei welcher exklusiven Weberei wir diesen feinen Baumwoll-Stoff erstehen können, ja?"

Ich verspreche es, werde hochgehoben, durch den Saal und dann durch eine Flügeltür ins nächste Zimmer getragen. Das Zimmer ist ein Traum! Ungefähr fünf Mal so groß wie das von Ella und mir. Die Wände sind mit feiner, rot-weiß gestreifter Seide bezogen. Wirklich! Von oben bis unten! Mit Seide! Ich muss nicht sagen, dass in meiner Welt Seide hundertmal wertvoller ist als Baumwolle!

Der leicht müffelnde Diener bugsiert mich quer durch den Raum und legt mich vorsichtig auf ein breites, mit einer gesteppten, blauen Seidendecke geschmücktes Bett. Oha! Ist das weich! Das Bett steht in so einer Art Wandnische, die wiederum mit einem rot-weiß gestreiften Seidenvorhang abgetrennt werden kann, an dem goldene Troddeln hängen. Der Diener stopft mir noch ein paar superweiche, seidene Nackenrollen im Rücken zurecht und meint: „Wenn *Monsieur* noch etwas brauchen, klopft Ihr einfach gegen die Wand. Dann komme ich sofort und bringe Ihnen alles, was Sie wünschen."

Ich lächle noch immer leicht verwirrt. „Ja, mache ich. Danke schön!"

Er verschwindet mit einer kleinen Verbeugung und ich bin allein in diesem Zimmer, an dessen seidenbespannten Wänden riesige Gemälde mit dicken goldenen Rahmen hängen. Auf den meisten Bildern sind irgendwelche Landschaften. Oder Leute in prunkvollen Seidenkleidern, die gerade Picknick machen oder Blinde Kuh spielen. Papa malt echt ganz anders. Mit viel knalligeren Farben und bei ihm ist – wie bereits erwähnt – meistens gar nicht zu erkennen, was das alles eigentlich darstellen soll. Vielleicht sollte er auch mal eine ganz normale Landschaft malen. Oder Menschen beim Picknick. Sodass man sofort erkennt, was seine Bilder bedeuten sollen. Womöglich kommen solche naturgetreuen Darstellungen bei den Kunstliebhabern besser an? Kann doch sein!

Von der Decke hängt ein prächtiger Kronleuchter, der in

der leichten Sommerbrise klimpert, die zur offenen Terrassentür hereinweht. Und dann gibt es noch einen Kamin, vor dem ein kleiner Schreibtisch mit geschnitzten, vergoldeten Verzierungen und einem zierlich geschwungenen Schreibtischstuhl steht. Die Sonne fällt durch die hohe Terrassentür und malt ein leuchtendes Rechteck auf den Parkettboden. Die Gardine weht und bevor ich Zeit habe, mich zu fragen, wie lange meine eigenartige Zeitreise noch weitergeht, kommt Theresa schon wieder zu mir herein. Über dem Arm hat sie eine violette Seidenhose und einen pinkfarbenen Seidenmantel. Sie rückt sich das gepolsterte Stühlchen zu mir heran, setzt sich darauf und meint mit unglücklichem Gesichtsausdruck: „Es tut mir so leid, Fanny. Aber ich habe nur Beinkleider in Poldis Größe da. Nicht in deiner! Seine Hose wird dir vermutlich viel zu kurz und zu eng sein. Ein Jammer, dass du kein Mädchen bist. Dann könnte ich dir ein Kleid von mir geben."

Ich sage tröstend: „Ich kann doch einfach das anbehalten, was ich gerade anhabe."

Theresa schüttelt bekümmert den Kopf. „Das geht leider nicht. Dein Auftritt wird unsere Gäste zu sehr verwirren ..."

„Welcher Auftritt?" Ich setze mich auf und ich habe solche Kopfschmerzen! Ich würde so gerne mal ganz kurz meine Augen zumachen und in Ruhe überlegen, was hier eigentlich los ist und wie ich es schaffen kann, wieder in meiner Zeit aufzuwachen. Nicht, dass ich es hier im Schloss bei Theresa nicht spannend und irgendwie auch schön fände! Es ist mehr, dass ich Angst habe, dass ich nie wieder zurück zu meiner Familie komme ...

„Na, dein Auftritt.“ Theresa macht mit ihrer Hand so eine Auf- und Abbewegung, womit sie wohl andeuten will, dass mein gesamtes Erscheinungsbild eigenartig ist. „In unseren höfischen Kreisen ist deine Mode noch nicht so bekannt. Sie wird bei unseren geladenen Gästen für unglaubliches Aufsehen sorgen – was schade wäre, denn als heutige Sensation haben wir ja schon Wolfgang Amadeus eingeplant. Vielleicht könnten wir morgen oder übermorgen mit dir eine kleine exotische Heiterkeit einplanen? Ich schlage es gleich *Maman* vor.“

„Eine kleine exotische Heiterkeit?“ Ich gebe es auf, hier noch irgendetwas verstehen zu wollen.

Theresa reicht mir den pinkfarbenen Seidenmantel herüber und kichert: „Wohlgemerkt wirst du in Poldis zu kleinen Kleidern sowieso für Heiterkeit sorgen.“

„Bist du sicher, dass das Kleider von deinem Bruder sind?“, frage ich und sehe mir die Sachen genauer an. „Entschuldige, aber die sehen aus wie von einem Mädchen, das auf Prinzessin Lillifee steht!“

Theresa springt von ihrem Stuhl auf. „Was? Prinzessin Lillifee? Wer ist das nun wieder? Du redest von lauter Prinzessinnen, die ich nicht kenne! Sind sie schöner als ich? Reicher? Wir haben die Stoffe extra aus der Schweiz kommen lassen! Es kann gar nicht sein, dass Prinzessin Lillifee auch solch einen edlen Stoff besitzt! Wir haben unsere eigenen Seidenwebereien und …“

Ich räuspere mich. „Vergiss Prinzessin Lillifee! Die ist keine Konkurrenz für dich! Ich meine ja nur, dass dieses knallige Pink etwas schräg für einen Jungen ist.“

„Schräg?“ Jetzt versteht Theresa offenbar nichts mehr. „Diese Farbe ist ein Muss für Jungen und Männer. Absolut die begehrteste Mode!“

„Aha.“ Theresa und ich gucken uns ratlos an. Wir ahnen wohl inzwischen beide, dass wir aus zwei extrem unterschiedlichen Wirklichkeiten kommen. Sie setzt sich zu mir aufs Bett und greift wieder nach meiner Hand. „Lass uns mit diesem seltsamen Theater aufhören. Bitte! Sag mir, wer du wirklich bist!“

Ich setze mich ganz aufrecht hin und sage: „Okay.“

Und Theresa: „Was auch immer ›Okay‹ heißen mag. Ich verstehe es als dein Einverständnis.“

Ich nicke und grinse: „Genau, ich bin einverstanden.“

„Gut.“ Theresa holt tief Luft. „Dann sag mir jetzt, wer du in Wahrheit bist.“

„Ich bin Fanny“, fange ich an.

„Fanny! Fanny! Und weiter?“ Theresa zieht die Stirn in Falten.

Ich sage: „Ich bin elf Jahre alt und komme aus Berlin.“

Theresa sieht mich durchdringend an. So, als würde sie noch überlegen, ob sie mir glauben soll.

Ich sage: „Ich bin ein Mädchen und wurde 2006 geboren.“

„Ha-ha-ha-ha-ha!“ Theresa lacht auf. Aber ihr Lachen klingt nicht wirklich amüsiert. Mehr wütend. Sie springt wieder mal vom Bett auf und stampft durch den Raum. An der offenen Terrassentür dreht sie sich mit Schwung um und kommt mit rauschendem Ballonkleid wieder auf mich zu. Ihr Blick sieht wirklich angsteinflößend aus. „Wir schreiben das Jahr 1768!

Wie willst du da im Jahre 2006 geboren worden sein?! Meinst du, diesen *Nonsense* glaube ich dir?!"

Ich sage hilflos: „Aber es ist wahr!"

Theresa wedelt aufgeregt mit ihrem Fächer. Unter ihrem weißen Puder ist sie ziemlich rot im Gesicht. „Na gut! Offenbar willst du weiter flunkern. Offenbar findest du das Spiel witzig! Ich finde es albern! Deine Geschichte ist lächerlich!"

Jetzt bin ich aber auch mal sauer! „Ich flunkere nicht! Ich flunkere nie! Ich hasse Flunkern! Das ist mein Ernst! Guck dich doch mal an, wie du aussiehst! Das ist für mich total schräg! In meiner Zeit rennt niemand so herum wie du! Es sei denn, es ist Fasching! Ich könnte *dich* als exotische Heiterkeit mit zu mir nach Hause nehmen. Mit deinem komischen Elsa-Eisprinzessinnen-Kleid!"

Theresa stemmt die Fäuste in die Seiten. Ihr ist anzusehen, dass sie überlegt, ob sie die Diener rufen – oder mir endlich glauben soll. Um sich zu beruhigen, zählt sie laut bis zehn. Dann setzt sie sich wieder zu mir aufs Bett. „Okay", sagt sie und kichert sogar ein bisschen. Und ich kichere auch.

„Okay!", sagen wir beide.

Ich greife nach ihrer Hand und wispere: „Ich glaube, wir kommen wirklich aus zwei verschiedenen Zeiten! Du aus dem Rokoko! Ich aus dem Einundzwanzigsten Jahrhundert! Ist das nicht total schräg?!"

„Und gleichzeitig absolut sensationell und einzigartig!" Theresas Augen leuchten. „Ich will alles von dir wissen! Wie lebt es sich in Berlin im Jahr 2018?"

6. DAS IST UNGLAUBLICH!

„Du sitzt wirklich mit dreißig anderen Kindern in einem Raum und euer Lehrer unterrichtet euch?“ Theresa macht große Augen. „Bist du da nicht ständig furchtbar krank?“

„Nö“, sage ich und schüttle den Kopf. „Eigentlich nicht.“

„Nicht mal Typhus?“, fragt Theresa und rückt gleich ein bisschen von mir ab, so als sei ich wirklich krank.

„Typhus? Was ist das?“, frage ich. Davon habe ich zwar schon mal gehört, aber was genau das ist, weiß ich nicht.

Theresa macht ein total dramatisches Gesicht. „Oh, das ist eine furchtbare Krankheit. Furchtbar! Sehr furchtbar! Wolfgang Amadeus hat sogar schon darunter gelitten und wäre um ein Haar daran verstorben! Hach! Es war sehr beängstigend für ihn. Dieses hohe Fieber! Die Halluzinationen!“

Und wo wir wieder bei Wolfgang Amadeus sind, sage ich schnell: „Stell dir vor! Für unseren Musikunterricht habe ich gestern erst ein Referat über ihn geschrieben.“

„Tatsächlich?“, fragt Theresa interessiert und rückt wieder näher zu mir heran. „Ihr kennt diesen Jungen in zweihundertfünfzig Jahren noch immer?“

Ich sage: „Machst du Scherze? Jedes Kind kennt Mozart! Er ist sozusagen der berühmteste Mensch aller Zeiten."

Theresa schüttelt langsam den Kopf. „Irre! Wirklich irre!"

Und ich sage auch: „Ja, irre!"

Und zwar alles! Alles ist total irre! So, wie ich die Lage mittlerweile einschätze, bin ich tatsächlich und ohne Zweifel im Jahr 1768 gelandet. Vermutlich dank des heftigen Schlages, den ich im Klassenraum gegen den Kopf bekommen habe. Zumindest vermute ich, dass es der Schlag war, der mich um zweihundertfünfzig Jahre in der Zeit zurückbefördert hat. Wie auch immer dieser Vorgang wissenschaftlich zu erklären wäre – ich kann es nicht. Ich finde es einfach nur unglaublich. Fantastisch. Schräg. Beängstigend. Aber das bringt mir alles nichts. Dieser seidenbespannte Raum, dieses Schloss, dieses Mädchen mit der Riesenperücke sind gerade meine Realität. Eine andere gibt es nicht. Und irgendwie ist es auch echt witzig und verrückt, dass ich Mozart begegnen werde. Mozart! Ist das nicht ein unglaublicher Zufall? Oder einfach nur logisch? Weil ich mich gerade so intensiv mit ihm und seinem Leben befasst habe?

Vielleicht kann mir Mozart eventuell sogar helfen und mir zeigen, wie ich seinen blöden Türkischen Marsch spielen kann? Vielleicht kennt er irgendwelche Tricks für komplett unbegabte Klavierschüler? Das wäre schick! Dann könnte ich das Ding spielen, wenn ich wieder nach Hause komme. Denn davon gehe ich jetzt einfach mal aus, dass ich wieder nach Hause komme. Sonst würde ich ja auf der Stelle wahnsinnig werden vor lauter Heimweh und Sehnsucht nach meiner Familie!

Ich frage Theresa, die gerade nervös ihren Fächer auf- und zuklappt. „Ist eigentlich schon öfter jemand bei euch aus der Zukunft gelandet?“

Sie klappt den Fächer wieder zu und tippt mich damit an der Schulter an. „Du machst mir Spaß! Ich bin genauso überrascht wie du! So etwas Erstaunliches ist noch nie passiert. Ich wusste gar nicht, dass so eine Zeitreise möglich ist! Aber ihr Leute aus der Zukunft habt offenbar die entsprechenden Maschinerien dazu.“

Ich seufze. „Nein. Wir haben keine entsprechenden Maschinerien. Wir sind genauso schlau wie ihr, was Zeitreisen anbelangt. Ganz ehrlich! Auch in zweihundertfünfzig Jahren wissen wir nicht, wie es geht.“

„Du hast wirklich keine Ahnung, wie das passiert konnte?“ Theresa sieht mich forschend an.

„Ich sage doch! In der Schule habe ich einen heftigen Schlag gegen den Kopf bekommen. Mehr weiß ich nicht. Danach bin ich ohnmächtig geworden und bei euch im Garten wieder aufgewacht.“

Theresa schüttelt den Kopf. „Wirklich seltsam. Vielleicht könntest du mir bei Gelegenheit auch mal einen heftigen Schlag gegen den Kopf verpassen – vielleicht kann ich dann auch eine Zeitreise zu euch machen. Das wäre fantastisch! Solange ihr kein Typhus habt!“

„Oh, das wäre toll! Dann könntest du meine Familie kennenlernen! Nur leider nicht meinen besten Freund Joschi! Denn der ist inzwischen nach Kambodscha gezogen. Das ist irgendwo in Asien.“

„Macht doch nichts!“ Theresa grinst begeistert. „Dann verpassen wir uns einfach gegenseitig noch mal einen kräftigen Schlag an die Köpfe und machen – zack! – auch noch einen kleinen Ausflug zu deinem Joschi-Freund nach Asien.“

Ich grinse auch. „Genial! Du würdest ihn bestimmt mögen.“

Der nette Diener kommt in seinem hellblauen Seidenmantel mit den Goldschnüren aus einer Tür neben meiner Bettnische und stellt ein Tablett mit Weintrauben und Erdbeeren ab. Er macht eine kleine Verbeugung und meint: „*Mademoiselles*, ein leichter Imbiss zur Erquickung.“

Ich sage: „Oh, vielen Dank! Könnte ich mir hier wohl eben irgendwo die Hände waschen? Die sind etwas dreckig.“

Theresa und der Diener reißen geschockt die Augen auf und Theresa muss sich gleich wieder Luft mit ihrem Fächer zufächeln. „Herrschaftszeiten! Weißt du denn gar nichts von Hygiene?!“

Jetzt mache ich aber große Augen. „Wie? Was meinst du? Ich wollte mir doch gerade die Hände waschen. Was ist daran so komisch?“ Ich rutsche von dem Bett herunter und muss mich gleich an dem Seidenvorhang festhalten, weil mir ziemlich schwindelig ist. Allerdings nicht so sehr von meiner Kopfverletzung, sondern weil ich heute noch gar nichts gegessen habe. Meine Mutter hat recht: Es wäre vernünftiger, zum Frühstück ein Müsli zu essen und nicht mit leerem Magen in die Schule zu gehen. Ganz offenbar weiß man nie, was einem schon vor der ersten großen Pause alles passieren kann.

„Kommt nicht infrage!“, erklärt Theresa streng. „Hier wäscht sich niemand die Hände! Das kann tödlich enden!“

„Wie bitte?"

Und auch der Diener mischt sich höflich ein. „*Mademoiselle* Theresa hat recht. Wasser kann tödlich sein." Damit zieht sich der Diener wieder in seine Kammer zurück.

Und ich flüstere, um Theresa nicht zu verraten: „Aber ich dachte, du hättest heute Morgen draußen in den Wasserspielen – oder wie die Dinger heißen – gebadet."

„Ja, aber auch nur heimlich. Hier im Schloss waschen wir uns selbstverständlich nicht mit Wasser. Das stellt eine viel zu große Gefahr dar! Darin wimmelt es nur so von Bakterien! Wenn, dann füllen wir den Badezuber gleich mit Wein."

„Aha!" Unter uns: logisch ist das nicht. Aber na ja. Ich lasse mich mit meinen klebrigen Händen wieder auf das weiche Federbett plumpsen. „Das heißt, ihr wascht euch nie die Hände?"

Theresa schüttelt den Kopf. „Nicht die Hände und auch sonst nicht! Kein Wasser kommt je an unsere Haut."

Ich sage: „Das ist bei uns ganz anders – im Jahr 2018. Da waschen wir uns ständig die Hände und duschen oder baden jeden Tag."

Theresa kann es nicht glauben. „Jeden Tag?"

„Damit wir nicht stinken …"

„Ach so!" Theresa grinst. „Das erledigen wir anders. Mit Parfüm und Puder. Das hilft."

Ganz ehrlich, ich bin heilfroh, dass ich nicht in dieser barocken Zeit von Theresa geboren wurde. Ich finde das alles sehr umständlich und komisch. Und ich würde mir wirklich gerne die Hände waschen, weil die total kleben. Vielleicht laufe ich mal schnell raus aus der Terrassentür, rüber zu den Wasserspielen und plätschere darin heimlich meine Hände ab. Oder ich nehme eine von den weißen Stoffservietten, die neben dem Obstteller liegen, und zupfe damit die Weintrauben ab. Theresa sieht mir interessiert dabei zu. „Macht man das so bei euch?"

Ich wiege den Kopf. „Ich mache das so, weil meine Mama drauf steht, wenn wir beim Essen saubere Hände haben."

„Verstehe." Theresa macht es genau wie ich und meint: „Ist irgendwie elegant."

Ich grinse: „Ja, sehr elegant!"

Als wir die Weintrauben fast aufgegessen haben, frage ich: „Warum kocht ihr das Wasser nicht einfach ab? Dann wird es keimfrei."

Theresa sieht mich an. „Tatsächlich? Ich gebe diese Information mal an die Königin weiter. Aber ich kann mir nicht vorstellen, dass sie etwas davon wissen will. Hier bei Hofe ändert man nur ungern die Gewohnheiten."

Ich nicke und rolle innerlich die Augen, weil ich die Angewohnheit, sich anstatt zu duschen mit Parfüm zu überschütten, echt schräg finde. Dann kommt schon wieder der Diener aus seiner Kammer und verkündet: „Unsere Gäste werden in Kürze eintreffen und es wird Zeit, dass sich *Monsieur* für das Fest herrichten." Damit meint er offenbar mich, denn er macht mit der Hand so eine einladende Geste in meine Richtung.

Und da Theresa ja inzwischen weiß, dass ich ein Mädchen und kein Junge bin, sagt sie so ein bisschen hochmütig zu dem freundlich lächelnden Diener: „Nur für alle, die irrtümlich denken, dieses Geschöpf hier sei ein Junge – schämt euch! Es ist ein Mädchen!“

Der Diener macht eine tiefe Verbeugung und murmelt: „Selbstverständlich. Aber sicher doch, *Mademoiselle*.“

Theresa würdigt ihn keines Blickes und schwebt durch die große Flügeltür ins Nebenzimmer. „Bin gleich wieder da.“

Der Diener räuspert sich etwas nervös und ich weiß auch nicht, wo ich hingucken soll.

Kurz darauf kommt Theresa mit einem prunkvollen Haufen Seidenstoff wieder. „Hier, Fanny“, sagt sie und hängt den Stoff über das goldene Stühlchen. „Ist mein Lieblingskleid. Das sollst du heute Abend tragen. Probier’ es an!“

Und der Diener meint auch gleich ganz begeistert: „Oh ja! Das wird *Mademoiselle* Fanny sehr gut zu Gesicht stehen!“

Ich trete näher heran. Der Stoff ist wirklich atemberaubend schön! Aus hellrosa Seide mit rosafarbenen Schleifen und Bommeln und Rüschen. Aber wie ein Kleid sieht das Ganze nicht gerade aus, eher wie eine riesige Tischdecke oder so. Der Diener macht wieder eine kleine Verbeugung, verschwindet wortlos durch seine Tür und quetscht sich dann mit einem seltsamen Gestell wieder zurück in mein Zimmer. Keine Ahnung, was das darstellen soll! Sieht aus wie eine Art umgedrehter Wäschekorb. Er setzt ihn vor dem Kamin ab und meint: „Gleich kommen die Kammerdienerinnen, um *Mademoiselle* beim Ankleiden zu helfen.“ Damit entfernt er sich endgültig in seine Kammer.

Theresa fächelt sich Luft zu und meint: „Ich verschwinde

dann auch mal schnell. Nicht, dass wir halb angezogen Wolfgang Amadeus begrüßen müssen. Das ist mir einmal passiert! Und er hat es direkt dieser albernen Marie Antoinette weitererzählt!"

„Wer ist Marie Antoinette?", frage ich und habe das Gefühl, dass ich diesen Namen schon mal irgendwo gehört habe.

Theresa klappt mit Schwung ihren Fächer zu, klopft ihn ein paar Male in ihre Handfläche und sagt so ein bisschen angesäuert: „Lass dir das mal von dem jungen Herrn Mozart verraten!" Damit dreht sie sich auf ihren Absätzen um und rauscht zur großen Flügeltür hinaus. Ich hocke mich ratlos auf meine Bettkante und bin einigermaßen überfordert. Wenn ich nur wüsste, was mit mir los ist? Ich kann doch nicht einfach so tatenlos herumsitzen und darauf hoffen, dass ich irgendwann wieder in meinem Zeitalter aufwache! Vielleicht wird eine Rückkehr immer unwahrscheinlicher, je länger ich mich in dieser Rokoko-Zeit aufhalte! Kann doch sein!

Sollte ich meinen Kopf eventuell mal eben gegen den Kaminsims hauen, um auf diese Weise wieder aus meiner seltsamen Zeitreise-Ohnmacht zu erwachen? Oder sollte ich den Besuch von Mozart, dem weltberühmten Klaviervirtuosen, noch miterleben? Ich meine, wann hat man schon mal die Gelegenheit, dem die Hand zu schütteln? Außerdem will ich mich nicht einfach so aus dem Staub machen, jetzt, wo Theresa und ich uns schon so ein klein wenig angefreundet haben. Woher weiß ich, was genau jetzt die richtige Entscheidung wäre?

7. MOZART IST DA!

Ich bewege mich in Ellas alten Jeans und dem T-Shirt Richtung Kaminsims. Ich bin entschlossen, mir meinen Kopf anzuschlagen. Auch wenn ich Mozart echt gerne treffen würde. Aber da ich mein Handy in meinen Hosentaschen nicht finden kann – vermutlich liegt es in meinem Schulrucksack zweihundertfünfzig Jahre weit weg in der Zukunft –, kann ich auch kein Foto von ihm machen und wenn ich kein Foto von ihm mache, glaubt mir sowieso niemand, dass ich den Wunderknaben höchstpersönlich getroffen habe. Und sogar wenn ich ihn fotografieren würde, dann würden alle denken, es ist ein schräger Vogel, der sich komisch verkleidet hat.

Außerdem will ich zurück zu meiner Familie! Plötzlich kriege ich richtig Angst, dass ich nie wieder nach Hause komme. Dass ich für immer hier im Schloss bleiben muss. Da gehe ich echt lieber in die Schule und ertrage Lucy! Ich meine, Theresa und Poldi und die Königin sind wirklich nett, aber das hier ist einfach nicht mein Jahrhundert!

Ich stelle mich mit dem Rücken zum Kamin, weil ich vermute, dass ich meinen Kopf genau an der gleichen Stelle anhauen muss, an der mich heute Vormittag der Schlag im Klassenraum getroffen hat. Das dürfte schmerzhaft werden. Schließlich habe ich da schon eine leichte Verletzung. Aber was soll ich machen? Lieber einen kurzen Schmerz als Typhus oder diesen Wundstarrkrampf! Also, auf geht's! Ich kneife meine Augen zusammen und zähle langsam bis drei, bereit, mir meinen Kopf anzuhauen. „Eins, zwei und die letzte Zahl heißt Nummer dr–"

„*Mademoiselle! Mademoiselle*! Um Himmels willen! Was tun Sie da?"

Ich mache die Augen wieder auf. Mitten im Zimmer stehen drei Damen in bauschigen Seidenkleidern und silbrigen, nicht ganz so großen Perücken. Sie tragen Berge von weißem Stoff vor sich her. Ich nehme an, es sind die angekündigten Kammerdienerinnen. Sie starren mich entsetzt an und machen alle einen Knicks. Die etwas rundlichere mit so einem hellblauen Federhütchen auf dem Kopf fragt: „Ist Ihnen nicht wohl?"

Schnell mache ich einen Schritt vom Kamin weg. „Doch, doch! Alles bestens! Ich wollte nur die schönen Vasen auf dem Kamin bewundern." Ich merke, wie ich rot werde. Ist doch peinlich, dabei erwischt zu werden, wie man sich gerade selber den Kopf anhauen will!

„Die sind aus China", sagt die andere Kammerzofe, die ziemlich dünn und groß ist. Sie hat ebenfalls ein Federhütchen auf dem Kopf und tut so, als sei hier ganz und gar nichts komisch. Wofür ich sehr dankbar bin. Sie legt ihren weißen Wäschehaufen auf einem zweiten Goldstühlchen ab, das sie sich heranzieht, und reicht mir eine der hellgrünen Vasen, auf die so ein paar zarte, schwarze Blüten aufgemalt wurden. „Der König hat sie sich aus China liefern lassen. Er liebt das dortige Kunsthandwerk. Sehen Sie nur die feine Lackarbeit. Am liebsten würde der König alle Räume hier im Schloss von oben bis unten lackieren lassen. Nur leider sind die Ausdünstungen vom Lack tödlich. Deswegen hat er so große Schwierigkeiten, Handwerker zu finden, die bereit sind, ihm die Wände zu lackieren. Ein Jammer." Die dünne Kammerzofe macht ein betrübtes Gesicht.

„Verstehe." Ich stelle die hellgrüne Vase vorsichtshalber zurück auf den Kaminsims und frage: „Wo ist denn eigentlich der König?"

„Oh", sagt die kleine Kammerzofe, die noch gar nichts gesagt hat. Sie macht ein paar Schritte auf mich zu und senkt ihre Stimme. „Er hält zu dieser Zeit immer sein Nickerchen. Drüben im Studierzimmer. Seine Diener mussten ihn eben gerade auf seiner Liege ein wenig vom Kaminfeuer weg Richtung Terrassentür tragen. Damit er genügend Sauerstoff bekommt. *Mademoiselle* werden ihn später noch antreffen."

Ich lächle und mache aus Versehen auch so einen leichten Knicks, wie ich ihn hier schon ein paarmal beobachtet habe. Dazu sage ich tatsächlich: „Sehr erfreut." Dieses höfliche Gehabe ist echt ansteckend. Mama und Papa wären entzückt, wenn sie sehen würden, wie wohlerzogen ich mich im Jahr 1768 verhalte. Hauptsache, ich sehe sie je wieder. Sobald das Fest heute Abend über die Bühne ist, werde ich doch noch einmal einen Versuch unternehmen, mir den Kopf anzuhauen. Vorausgesetzt, man lässt mich mal eine Sekunde alleine!

„*Mademoiselle*, wäre es Ihnen recht, wenn wir dann mit

dem Ankleiden beginnen?“ Die etwas rundliche Kammerdienerin legt nun ihren weißen Wäscheberg auf dem vergoldeten Tischchen ab und schließt die Flügeltüren zur Terrasse. Die dünne Kammerdienerin kommt ihr gleich zu Hilfe und zieht mit einem Ruck die Gardinen zu. „Nicht, dass der junge Herr Mozart Sie in Unterwäsche sieht.“

Die Kammerzofen kichern. Als fänden sie die Vorstellung irre witzig. Und die kleine Kammerzofe fragt: „Sind Sie dem jungen Herrn Mozart schon einmal begegnet?“

„Nur im Klavierunterricht“, sage ich und es ist das erste Mal in meinem Leben, dass ich gesiezt werde. Interessantes Gefühl. Es gibt mir so einen Hauch des Bedeutungsvollen. So, als würde ich schon eigenes Geld verdienen und als hätte ich den totalen Durchblick, was das Leben anbelangt.

Die drei Kammerzofen machen gleich noch einen Knicks und die kleine Kammerdienerin mit den riesigen blauen Augen fragt aufgeregt: „Der junge Virtuose hat Sie persönlich unterrichtet? Wie ungewöhnlich. Da müssen Ihre Eltern aber sehr vermögend sein.“

„Nein, ich spiele nur ein Stück von ihm im Unterricht“, erkläre ich und mache dazu so ein feierliches Gesicht. Obwohl meine Eltern alles andere als vermögend sind. Aber ich kann nicht anders, als feierlich zu gucken. Alle machen hier ständig so feierliche Gesichter und übertriebene Grimassen, um ihre dramatischen Gefühle auszudrücken.

Die drei Kammerdienerinnen geben ein erstauntes Raunen von sich und meinen: „Sehr modern!“ Und: „Das ist aber unüblich!“

Wenn die wüssten! In unserem Jahrhundert probiert jeder Klavierschüler irgendwann, ein Stück von Mozart zu spielen. Das ist weder modern noch unüblich. Sondern einfach nur total normal. Unüblich wäre, wenn ich mal einen Song von Justin Bieber spielen dürfte – den Joschi ja total gut fand, weil der so viele Tattoos hat. Joschi steht total auf Tattoos. Joschi meinte immer: „Irgendwann lass ich mir auch solche Tattoos wie Jay Be machen!" Ich vermisse Joschi echt. Es wäre richtig witzig, wenn er auch hier wäre. Ich glaube, dass Theresa ihn auch sehr mögen würde. Die beiden sind sich irgendwie ähnlich – auf eine Art.

Plötzlich schiebt mich die rundliche Kammerzofe Richtung Kamin und meint etwas gehetzt: „*Mademoiselle*, es wäre günstig, wenn wir jetzt unverzüglich mit dem Ankleiden beginnen."

Ich soll mich einfach am Kaminsims festhalten, damit ich nicht das Gleichgewicht verliere, während ich angezogen werde. Ich lach mich tot! Tatsächlich werde ich angezogen! Wie ein Baby! Aber erst mal werde ich ausgezogen. Ganz ehrlich? Das ist richtig bekloppt! Kurz muss ich mir vorstellen, wie ich Joschi davon erzähle, wie mir im Jahre 1768 die alten Jeans von Ella ausgezogen werden. Der würde sich wegschmeißen vor Lachen. Joschi steht auf schräge Sachen. Aber leider ist er ja nicht hier. Ich kann nur wieder sagen: Mit Joschi hatte ich echt Spaß.

Die rundliche Kammerdienerin trägt meine Klamotten weg, als seien sie aus Gold gewebt. Im Rausgehen fragt sie: „Irgendwelche besondere Waschanleitungen für dieses feine Gewebe? Ich nehme an, nur mit einer ganz milden, parfümierten Seife?“

Ich sage: „Ja, genau.“ Keine Ahnung, wie Mama unsere T-Shirts wäscht. Rein in die Maschine, vierzig oder sechzig Grad einstellen und dann mit Froschwaschmittel ordentlich durchschleudern lassen. Total unkomplizierte Sache.

Zuerst stülpt mir die große Kammerdienerin ein weißes Nachthemd mit goldenen Trägern über den Kopf. Dann kommt die kleine Kammerdienerin und hält mir so eine riesige Hose hin, in die ein Elefant reinpassen könnte. Das Komische an der Hose ist, dass sie sozusagen nur aus Hosenbeinen besteht, die um meinen Bauch gebunden werden. Dann kriege ich noch einen weißen Rock an und noch einen und noch einen und dann kriege ich eine „Korsage“ zum Schnüren an. Ich soll nichts machen, einfach nur dastehen und mich in dieses Korsagen-Teil aus Blümchenseide einschnüren lassen. Es wird mir wie so eine Art Panzer um den Brustkorb gebunden und hinten mit rosa Seidenbändern ganz festgezogen, dass ich kaum noch Luft bekomme. Die rundliche Kammerzofe meint: „Das muss so sein.“

Na ja, ich weiß ja nicht. Als Nächstes kriege ich eine Bluse übergezogen und dann noch so ein seltsames Kissen, das mir um den Bauch gebunden wird. Sieht aus wie Mamas Nackenstütze, die sie manchmal nimmt, wenn wir mit dem Auto an die Ostsee fahren. Und dann soll ich in diesen umgedrehten Wäschekorb steigen, den der Diener vorhin reingebracht hat. Danach wird mir noch so ein komisches rosa Schild vor den Bauch gebunden. Schließlich kommt der riesige hellrosa Rock drüber und ganz zum Schluss ein bodenlanger rosa Mantel mit Rüschenärmeln und alles wird mit Nadeln an mir festgesteckt, sodass ich jedes Mal denke: „Gleich pikt's."

Aber die Kammerdienerinnen können das wirklich gut. Die wissen ganz genau, wo sie hinstechen müssen, damit alles perfekt sitzt. Und als ich fix und fertig angezogen bin – inklusive einem eleganten Stoffbeutel für mein Spitzentaschentuch –, tragen zwei Diener einen riesigen in Gold eingefassten Spiegel herein und halten ihn so, dass ich mich von allen Seiten bewundern kann. Ich sehe richtig top aus! Wie eine Prinzessin. Echt! Fehlt nur noch die Perücke. Und gerade als ich das denke, hebt mir die große Kammerdienerin eine riesige, weiße, leicht müffelnde Perücke auf den Kopf. Die wiegt echt einiges. Hoffentlich kriege ich davon keine Nackenstarre! Ich grinse meinem Spiegelbild zu und jetzt hätte ich echt gerne mein Handy, um ein Erinnerungsfoto zu machen. Oder ein *Selfie* mit den Dienern und den Kammerzofen.

„Bist du bereit?" Die Flügeltür fliegt wieder auf und Theresa kommt in einem hellgelben Ballonkleid herein. Ihre Perücke, die sie jetzt aufhat, ist noch höher als meine. An den Seiten hängen Schillerlocken herunter, ihre Lippen sind kirschrot und sie hat einen Schönheitsfleck auf der Wange. Sie fächert sich gleich mal wieder Luft zu und meint: „Hach, ich kriege so schwer Luft in meinem Kleid. Es ist so fest geschnürt! Können wir die Türen etwas öffnen?"

Sofort ziehen die Kammerdienerinnen die Gardinen zurück und die Diener öffnen die Terrassentüren. Orangenes Nachmittagslicht flutet mein Gästezimmer und hinter Theresa schiebt sich Poldi in den Raum, umringt von ein paar kleinen, dicken Hunden. Ich vermute mal, es sind Möpse. So platt wie ihre Schnauzen sind. Sie kläffen und wedeln mit ihren Ringelschwänzchen und Poldi nimmt einen von ihnen auf den Arm und sieht mich an. Er schreitet staunend um mich herum und meint: „Du bist ja wirklich ein Mädchen! Hätte ich nicht gedacht."

Und Theresa hakt sich gleich bei mir unter, sodass wir bestimmt wie zwei Riesenbonbons aussehen. Sie zieht mich quer durchs Zimmer, hinüber zum goldenen Tisch und meint: „Jetzt brauchst du nur noch ein wenig Gesichtspuder und einen Schönheitsfleck."

Und zack staubt es gewaltig um mich herum, dass ich kräftig niesen muss. Die rundliche Kammerdienerin hält mir gleich mein kleines Spitzentaschentuch aus dem Stoffbeutel hin und dann malt mir Theresa noch einen Schönheitsfleck und Kirschlippen. Als sie damit fertig ist, macht sie einen Schritt zurück und klatscht vergnügt in die Hände. „Entzückend! Einfach nur entzückend!"

Und auch Poldi meint: „Du siehst bezaubernd aus. Nicht, dass sich Wolfgang Amadeus noch in dich verliebt!"

Kaum hat er das gesagt, zieht ihm Theresa sofort eins mit ihrem Fächer über. „Hier verliebt sich niemand in irgendwen! Hast du das verstanden, mein Freund?!"

„Du bist hier nicht die Bestimmerin!" Gerade als Poldi Theresa mit seinen Schnallenschuhen gegen den Ballonrock treten will, ertönt von draußen Hufgetrappel und aufgeregtes Pferdewiehern. Schnell setzt Poldi seinen dicken Mops ab und rennt durch die Terrassentür nach draußen. „Wolfgang Amadeus ist da! Mal sehen, ob seine Kutsche noch ganz ist!“

Die Zofen und Diener folgen ihm anmutigen Schrittes. Nur Theresa scheint es überhaupt nicht eilig zu haben. Sie fächelt sich mit ihrem Fächer etwas Luft zu und meint total gelangweilt: „Geht ruhig schon vor, ich komme gleich.“

Ich weiß jetzt nicht so richtig, was ich machen soll. Ob ich auch nach draußen vors Schloss rennen soll, um Wolfgang Amadeus zu begrüßen, oder ob ich bei Theresa bleiben soll? Allerdings brauche ich mich das gar nicht groß zu fragen, denn plötzlich scheucht sie mich wie so eine lästige Fliege raus auf die Terrasse. „Husch! Husch! Geh nur und begrüße auch du unseren tollen, anbetungswürdigen Gast. Ich verabscheue die Sonne.“

„Echt? Aber du warst doch heute Morgen auch draußen in der prallen Sonne …“, erwidere ich.

„Husch, hab ich gesagt!“ Theresa wedelt mit ihrem Fächer und ich verstehe mal wieder ihre Logik nicht. Sie wäscht sich im Schloss nicht mit Wasser, plantscht aber draußen in den Wasserspielen. Sie verabscheut die Sonne, spielt aber in der Morgenhitze im Garten. Wirklich ein sehr seltsames Mädchen.

Ich gehe den Dienern, Kammerzofen, Möpsen und Poldi hinterher. Auf die sonnenbeschienene Terrasse. Ich lasse meinen Blick wandern, über die wunderschönen Blumenrabatten, die seltsam zurechtgeschnittenen Würfelbäume, die fantasievollen Wasserspiele und die weißen Steinfiguren, die durch das orange glühende Nachmittagslicht wie aus Gold aussehen. Wirklich schön. Ich wünschte, Mama, Papa und Ella könnten diese Schönheit auch sehen. Ella wäre total begeistert und hätte bestimmt auch gerne so ein atemberaubendes Kleid an wie ich. Mama würde sich wahrscheinlich am liebsten einfach auf der Terrasse in einen Liegestuhl legen und Papa würde sich die Gartenbauweise mal ganz genau ansehen und sich inspirieren lassen. Papa meint nämlich, ihm fehlt der Geistesblitz für neue Bilder, weil wir eigentlich immer nur an die Ostsee in den Urlaub fahren. Weiter entfernte Reisen können wir uns nicht leisten. So eine Zeitreise-Ohnmacht wäre für Papa wahrscheinlich die Lösung! Auf diese Weise könnte er neue Welten erkunden, die seine Fantasie beflügeln. Sollte ich jemals wieder nach Hause kommen, werde ich ihm diese Möglichkeit mal ans Herz legen.

Auf dem breiten Sandweg, der direkt auf das Schloss zuführt, rollt eine Kutsche heran. Die beiden braunen Pferde wiehern und schnaufen. Staub wirbelt auf und aus den anderen Terrassentüren kommen immer mehr wunderschöne Damen in Ballonkleidern, Herren in pinkfarbenen Seidenmänteln und weißen Kniestrümpfen heraus. Sie rufen und klatschen und lachen und das ist echt abgedreht hier. Wie in so einem historischen Film. Hier scheint wirklich gleich eine riesige Party zu steigen! Praktisch, dass ich ausgerechnet heute hier gelandet bin!

Die blau angestrichene Kutsche hält auf dem Vorplatz, von allen Seiten kommen die Diener angelaufen und klappen die Stufen herunter. Die Kutschentür geht auf. Sie hängt einigermaßen schief in den Angeln. Ein ziemlich müde aussehender

Mann steigt aus. Inzwischen habe ich mich ja schon daran gewöhnt, wie hier alle aussehen. Er hat einen hellgrünen Seidenmantel an, weiße Kniestrümpfe und einen dreieckigen Hut mit Federn. Als er ausgestiegen ist, hält er einem Jungen die Hand hin, der jetzt auch noch aus der Kutsche klettert. Er hat eine weiße Perücke auf, die ganz schön zerzaust ist. Ich schätze, das ist das Wunderkind. Nur zwanzig Meter von mir entfernt! Der Wolfgang Amadeus, über den ich gestern mit Ella mein Referat geschrieben habe. Auch wenn ich mir den etwas größer vorgestellt hätte. Aber na ja. Er ist es wirklich! Er lächelt in die Runde, winkt kurz zu den Leuten hinüber, die ihm schon applaudieren, und macht eine tiefe Verbeugung.

Poldi kommt neben mich gelaufen und meint mit ziemlich genervtem Gesichtsausdruck: „Das ist Wolfgang Amadeus. Das sogenannte Wunderkind."

Und ich frage: „Wie alt ist er jetzt eigentlich?"

„Elf oder zwölf Jahre", meint Poldi. Ungefähr so alt wie meine blöde Schwester.

„Ich bin auch fast zwölf", sage ich und komme mir irgendwie mickrig vor. Ich meine, was dieser Mozart schon alles in seinem Alter erreicht hat! Alle Gäste – abgesehen von Poldi – jubeln ihm zu! Das muss doch ein tolles Gefühl sein. Poldi kickt mit der Fußspitze gegen einen herumliegenden Kiesel und sagt: „Also, wenn du meine Meinung hören willst: Ich bin nicht so begeistert von dem Vogel."

„Welchem Vogel?"

„Na, dem da!" Poldi zeigt auf Wolfgang Amadeus, der jetzt neben seinem müden Vater auf das Schloss zugeht. „Die Musik von dem ist nicht so mein Geschmack. Außerdem ist er richtig eingebildet. Der denkt, dass er was Besonderes ist."

„Ist er denn nichts Besonderes?"

„Keine Ahnung. Ein dressierter Affe eben. Der macht alles, was ihm sein Vater sagt. Der fängt nicht mal zu essen an, bevor sein Vater ihm das erlaubt. Total unselbstständig."

„Echt?" Ich mache große Augen. „Woher weißt du das?"

„Weil er schon mal hier war. Da hat er mit verbundenen Augen irgendwelche Klavierstücke gespielt und dann haben ihm die Herrschaften ihre Lieblingsnoten gegeben, damit er die alle vom Blatt spielt, was er natürlich auch konnte. Also, ich fand's richtig, richtig anstrengend."

„Aha." Ich beobachte, wie die ganzen Leute in ihren bunten Seidenkleidern und Mänteln hinter Mozart und seinem Vater die Treppenstufen hinauf ins Schloss gehen. Sie plaudern und lachen und scheinen alle mächtig aufgeregt zu sein. Weil Poldi sich keinen Millimeter bewegt und mir unter meiner Perücke in der Sonne schon ziemlich heiß wird, frage ich: „Und was kommt jetzt?"

„Jetzt beginnt da drinnen im Musiksaal bestimmt so ein Wettkampf zwischen meinem Vater und Wolfgang Amadeus. Jedes Mal will mein Vater gegen ihn gewinnen, was er nie schafft."

„Wobei denn?"

„Sie spielen so lange irgendwelche Musikstücke, bis einer von beiden nicht mehr kann."

„Das ist ja total abgedreht", sage ich und wünschte, ich hätte auch einen Fächer. Ich heize echt ganz schön auf unter diesen ganzen Stofflagen. Außerdem habe ich leicht Atemnot, weil ja meine geblümte Korsage so eng geschnürt ist.

„Total abgedreht!", sagt Poldi und grinst mich an. Dann flüstert er so verwegen: „So darfst du natürlich nie in Gegenwart des Königs sprechen, sonst ..." Poldi fährt mit seinem Zeigefinger über seinen Hals, zum Zeichen, dass ich sonst gekillt werde.

Ich nicke eilig. „Danke für den Hinweis. Echt! Vielen Dank!"

Ich kann nur sagen: Zum Glück wurde ich im Einundzwanzigsten Jahrhundert geboren. Da wird man wegen solcher Witzeleien nicht gleich um die Ecke gebracht. Außerdem kleben meine Hände. Ich frage mich, wie die Leute das hier jeden Tag aushalten! Als die Gäste wieder im Schloss verschwunden sind, höre ich von irgendwoher Rufe. „Wir haben Hunger!" Und: „Gebt uns etwas zu essen!"

Ich drehe mich um. „Woher kommen die Stimmen?"

Poldi zuckt mit den Schultern. „Dahinten vom Tor." Er macht so eine lasche Handbewegung. „Kümmere dich einfach nicht darum."

Ich blicke am Schloss entlang bis zu einem versteckten Tor in der efeuüberwucherten Mauer. Dahinter stehen ein paar Kinder in dreckigen Kleidern. Mit schmutzigen Gesichtern. Sie stecken ihre Arme durch das Gitter vom Tor und rufen gleich noch etwas lauter, als sie bemerken, dass wir zu ihnen hinschauen. „Bitte, gebt uns etwas zu essen!"

Ich gucke Poldi entsetzt an. „Wer sind diese Kinder?"

Er macht so eine wegwischende Geste. „Na, Bettelkinder. Die wollen immer Essen von uns."

„Und gebt ihr ihnen nichts zu essen?“

Er schüttelt den Kopf, als sei ich ein bisschen dumm. „Wenn wir denen allen was geben würden, hätten wir selbst nichts mehr.“

„Bitte?“ Ich reiße die Augen auf. „Ihr wohnt in einem riesigen Schloss! Überall ist Gold und Seide. Diese Kinder haben gar nichts!“

„Ist nicht meine Schuld!“ Poldi sieht mich bockig an, aber ich merke, dass ihm die Kinder eigentlich leidtun.

Ich sage: „Ich glaube, die haben richtig Hunger. Wollen wir ihnen nicht etwas zu Essen bringen?“

Poldi verzieht seinen Mund, als würde er überlegen. „Aber dann kommen die jeden Tag wieder. Immer mehr von denen!“

„Und was, wenn die verhungern? Dann bist du schuld! Stell dir vor, du wärst eins von den Kindern!“

„Bin ich aber nicht.“ Poldi guckt mich unwillig an.

„Aber du könntest!“ Ich stemme meine Hände in die Hüften. „Ich finde, wir helfen ihnen.“

Er brummt. „Na gut. Aber erst, wenn es dunkel ist. Sonst kriegen wir Ärger! Und jetzt komm!“

Poldi nimmt meine klebrige Hand und zieht mich hinter sich her über die Terrasse. Bevor wir in unseren rosafarbenen Seidengewändern wie zwei zuckersüße, klebrige *Cupcakes* ins Schloss hineinstolzieren, dreht sich Poldi plötzlich noch einmal zu den Bettelkindern um und ruft im Flüsterton: „Lauft ja nicht weg! Nachher bringen wir euch was zu essen!“

Als wir in den großen Saal mit den riesigen, goldgerahmten Spiegeln kommen, sind die Gäste in ihren Seidengewändern und Riesenperücken schon alle versammelt und stecken sich kiloweise Weintrauben in den Mund. Bevor alles aufgegessen ist, schaffen Poldi und ich schnell mal eine Schale davon zur Seite und verstecken sie heimlich hinter der schweren Standuhr. Insgesamt riecht es ganz schön muffig hier im Saal, was vermutlich daran liegt, dass sich in dieser barocken Epoche niemand waschen will. Zu gegebenem Anlass werde ich wirklich noch einmal anbringen, dass es die Möglichkeit gibt, das Wasser abzukochen. Wir gehen näher an den Kreis von fächelnden Damen und eleganten Herren heran, die sich neugierig um Wolfgang Amadeus, seinen Vater und den Konzertflügel versammelt haben. Sie lachen und plaudern und müffeln. Poldi und ich quetschen uns zwischen den Herrschaften hindurch, bis wir Wolfgang Amadeus direkt gegenüberstehen. Poldi flüstert: „Da ist der Angeber!"

Ehrlich gesagt finde ich, Wolfgang Amadeus sieht eigentlich ganz freundlich aus. Er macht vor den Leuten eine Verbeugung nach der anderen. Und lächelt immer wieder herzlich. Gerade als sein hellblauer Blick mich streift und Wolfgang Amadeus mich wirklich nett anlächelt, werde ich mit Wucht zur Seite geschoben. Und zwar von Theresa. Sie fächelt sich mit einem riesigen Fächer aus weißen Federn Luft zu, legt ihren Kopf schief und haucht: „Johannes Chrysostomus Wolfgangus Theophilus Mozart. Wie schön, Sie wieder einmal in unserer bescheidenen Hütte begrüßen zu dürfen."

Poldi kichert neben mir. „Was für alberne Namen der hat. Kann sich doch kein Mensch merken."

Ich wispere zurück: „Deine Schwester schon."

„Ja, weil sie in ihn verliebt ist.“

Bitte? Sie ist in ihn verliebt? Das sind ja interessante Neuigkeiten! Mozart Junior kommt auf Theresa zu und macht eine tiefe Verbeugung, dass ich fast denke, seine Perücke müsste runterfallen. Dabei sehe ich, dass er sogar einen Säbel am Gürtel trägt. Ich flüstere Poldi zu: „Was will er mit dem Säbel? Gibt es nachher noch ein Duell?“

„Quatsch! Das ist ein Degen! Den hat er nur zum Angeben dabei.“

8. WER IST MARIE ANTOINETTE?

Die Herrschaften um uns herum kichern und die Damen mit ihren riesigen Perücken flüstern sich hinter ihren vorgehaltenen Fächern Sachen zu, worüber sie noch mehr kichern müssen. Die Herren räuspern sich und Theresa hält Mozart ihre Hand hin, damit er sie küssen kann. Als er es machen will, zieht sie tatsächlich ihre Hand weg, dreht sich mit Schmackes um und dampft ab. Mitten durch die erstaunte Menge. Scheint Theresas Spezialität zu sein. Natürlich kichern und lachen jetzt alle noch viel mehr und rufen: „Oha! Die Prinzessin hat Dampf!“

Amadeus findet das allerdings nicht so witzig. Er stampft wütend mit dem Fuß auf und ruft hinter Theresa her: „Was seid Ihr für ein kaltherziges Mädchen, das sich nicht von mir die Hand küssen lässt?“

Ein Raunen geht durch den Saal und Poldi führt mich an der Hand ein Stück weg zu so einer eingetopften Palme am Fenster, wo die Leute nicht ganz so dicht gedrängt stehen. Er flüstert: „Das ist so peinlich! Das macht Theresa jedes Mal! Und der Kohlkopf fällt immer wieder darauf herein!“

„Warum macht sie das? Das ist total gemein!"

„Na, wegen dieser Marie Antoinette!"

„Wer ist denn das?" Dauernd diese Marie Antoinette. Wenn ich nur wüsste, wo ich schon mal ihren Namen gehört habe! Im Referat habe ich sie – glaube ich – nicht erwähnt. Oder doch?

Aber bevor Poldi antworten kann, kommt Theresa schon wieder herangerauscht, dicht an der Wand entlang, die mit goldenen Ranken verziert ist. Schäumend und dampfend stellt sie sich neben uns, sodass ihr die Palmenwedel leicht ins Gesicht hängen. Sie fächelt sich jetzt richtig heftig Luft zu und meint total aufgewühlt: „Ich wünschte, ich hätte diesen Kleingeist nie getroffen."

„Warum bleibst du dann nicht einfach in deinem Gemach, bis dieser ganze Zirkus vorbei ist?", fragt Poldi. „Da hättest du ihn mit Sicherheit nicht getroffen."

„Um ihm meine Schönheit zu zeigen. Darum!" Theresa versucht, tief einzuatmen, was in ihrem eng geschnürten Kleid nicht so richtig gut geht. Ihr Atmen wird immer kurzatmiger. Weswegen sie irgendwie etwas in Panik gerät. Sie fasst mich am Arm und röchelt: „Fanny! Mein Kleid! Mein Kleid!"

Dabei macht sie komische Zeichen mit ihrem Fächer, die ich nicht sofort verstehe, und dann sackt sie auch schon wieder neben Poldi und mir zu Boden. Zum Glück landet sie mit ihrem Kopf auf so einem roten Samtkissen mit goldenen Troddeln, das wohl einem der dicken royalen Möpse gehört. Jedenfalls springt ein Mops erschrocken zur Seite und macht Platz für Theresas Kopf. Poldi verdreht die Augen: „Das war so klar!"

Von den herumstehenden Erwachsenen bekommt niemand etwas mit, weil alle gespannt nach vorne zu Wolfgang Amadeus schauen. Darum schickt mich Poldi eilig los, einen von den hellblau gekleideten Dienern zu holen. „Die müssen Theresa wegtragen und schnell ihr Kleid aufschnüren! Ich weiß nicht, wie das geht!"

Ich renne zwischen den Herrschaften in ihren bauschenden, bonbonfarbenen Kleidern hin und her, die alle extrem nach einer Mischung aus Parfüm und Muff riechen, und halte nach einem Diener im hellblauen Seidenmantel Ausschau. Dabei überlege ich die ganze Zeit, wer Marie Antoinette ist. Ich kenne ihren Namen. Ich weiß es! Und ich werde wahnsinnig, wenn mir nicht langsam einfällt, woher! Als ich beinahe über einen von Poldis Möpsen stolpere, der sich in ein hellblaues Seidenband verbissen hat, erinnere ich mich wieder! Meine große Schwester fährt voll auf diese Marie Antoinette ab! Das hat sie mir erzählt, als wir das Referat geschrieben haben! Weil Marie Antoinette so eine draufgängerische und schöne Frau war, als sie die Königin von Frankreich war! Aber als sie noch die kleine Tochter von der österreichischen Kaiserin war, hat sie wohl mal mit Wolfgang Amadeus gespielt. Und als er beim Fangenspielen hingefallen ist, hat sie ihm wieder auf die Beine geholfen. Und weil er das so freundlich von dieser Marie Antoinette fand, wollte er sie später heiraten! Ja, genau! Das war die Geschichte! Kein Wunder, dass Theresa von der genervt ist! Schließlich ist sie in Wolfgang Amadeus verliebt!

Neben einer großen goldenen Standuhr entdecke ich endlich einen Diener. Ich zupfe an seinem hellblauen Ärmel mit der Goldbestickung und keuche: „Entschuldigung! Theresa ist ohnmächtig geworden. Könnten Sie wohl eben mitkommen und sie auf ein Sofa legen?“

Der Diener nickt und folgt mir sofort. „Wo ist sie?“

Wenn ich das nur wüsste. Die Leute sind mit ihren Perücken viel größer als ich. Und breiter mit ihren Reifröcken. Ich drehe mich im Kreis. „Ich glaube, da hinten, neben der Palme.“

Der Diener und ich fädeln uns eilig zwischen den Gästen hindurch, die sich gegenseitig mit wunderschön geschliffenen Gläsern zuprosten und sich kleine Pasteten in den Mund stecken, die hier überall von den Dienern auf großen silbernen Platten angeboten werden. Im Vorbeigehen nehme ich mir auch noch zwei Hände voll davon mit und lasse sie unauffällig in meinen Stoffbeutel plumpsen, um die Gebäckstücke später an die armen Kinder zu verteilen. Als wir Theresa erreicht haben, liegt ihr Kopf inzwischen im Schoß ihres kleinen Bruders. Poldis Hand streicht liebevoll über ihr Perückenhaar. Der Diener hebt Theresa auf seine Arme. Sie klimpert ganz schwach mit ihren Augen und haucht: „Sagt Amadeus Bescheid, dass ich wegen ihm das Bewusstsein verloren habe!“

„Garantiert werde ich ihm das nicht sagen!“ Poldi schüttelt den Kopf und der Diener trägt Theresa nach draußen an die frische Luft und Poldis Möpse schnüffeln die ganze Zeit an meinem Stoffbeutel, sodass ich ihn mitsamt der Pasteten mal kurz hinter einer der eingetopften Palmen verstecken muss. Ich hoffe mal, da finden ihn die Möpse nicht so schnell. Irgendwo, in der Mitte des Saales, ertönt mit einem Mal eine tiefe, dröhnende Männerstimme, die Wolfgang Amadeus Mozart und seinen Vater ankündigt: „Die allgemeine Bewunderung hat die wiederholte Einladung von Wolfgang Amadeus Mozart nach sich gezogen. Der Knab wird uns sein Können nun demonstrieren und bei einem von mir gespielten Flötenstück *akkompagnieren.*"

Poldi flüstert: „Das ist mein Vater!"

Und ich: „Der König?" Der spricht aber geschwollen. „Ich verstehe kein Wort!"

„Ja, genau!", wispert Poldi. „Wenn wir Pech haben, fängt er sofort an, auf seiner Flöte zu spielen. Das hält der ewig durch!"

Die Diener verteilen goldene Stühlchen im Raum, auf denen die Damen mit ihren voluminösen Seidenkleidern Platz nehmen, die Herren bleiben stehen. Poldi flüstert: „Das Blöde ist, wir Männer dürfen nicht sitzen, solange mein Vater spielt."

„Echt?" Das ist wirklich blöd. Ich kriege auch einen wunderschönen gelb bezogenen Goldstuhl hingerückt und setze mich. Aber es geht kein Flötenspiel los, sondern ein anderer Mann spricht. Ich kann ihn aus bekannten Gründen nicht sehen. Sosehr ich mich auch verbiege und versuche, an den Perücken vorbeizugucken. Am liebsten würde ich mich auf den Stuhl stellen. Allerdings wäre das ja wohl sehr unerzogen. Das darf ich nicht mal bei uns zu Hause mit unseren Küchenstühlen machen.

Als der Mann spricht, breitet sich plötzlich so eine andächtige Stille im Saal aus. Alle lauschen. Ich schaue hoch zur Decke, die mit goldenen Ranken verziert ist und von der große Kronleuchter mit glitzernden Kristallen herunterhängen. Poldi wispert. „Das ist Leopold Mozart, der strenge Vater von Amadeus."

Ich höre, wie Leopold sagt: „Meine verehrten Herrschaften, die Klaviatur des Flügels wird nun mit einem seidenen Tuche gänzlich verdeckt werden und auf dem Tuche wird Wolfgang Amadeus so gut spielen, als ob er die Klaviatur vor Augen hätte."

Aha? Ich verstehe nur Bahnhof. Aber anscheinend hat dieser Leopold etwas ganz Unglaubliches gesagt, denn sofort geht ein Raunen durch den Saal und es wird wieder wild gefächelt, als seien tausend Schmetterlinge am Flattern. Durch dieses Geflatter bahnt sich Poldis wunderschöne *Maman* ihren Weg. Sofort weichen die Gäste ehrfürchtig zurück und machen lauter Knickse und tiefe Verbeugungen. Die Königin lächelt huldvoll und schwebt in ihrem hellgelben Kleid vorüber. Als sie uns entdeckt, tippt sie Poldi und mir mit dem Fächer an die Schultern. „*Mes enfants*! Ich habe euch überall gesucht! Nehmt bitte vorne Platz! Wir haben extra einen Stuhl für unseren exotischen Ehrengast in der ersten Reihe bereitgestellt."

Sie nimmt mich an der Hand und zieht mich durch die Menge. Mit der anderen Hand winke ich Poldi, damit er bloß bei mir bleibt. Ich habe ihn wirklich gerne. Besonders seitdem wir ja heute Nacht noch diese geheime Pasteten-Mission vorhaben. Poldi macht auch ein sehr edelmütiges Gesicht und während ich hinter seiner *Maman* hereile, sehe ich noch, wie er von einem silbernen Tablett, das gerade an ihm vorbeigetragen wird, schnell ein paar Gebäckstücke nimmt und sie hinter einem Vorhang auf dem Fensterbrett versteckt. Er zwinkert mir zu und dann läuft er auch schon hinter mir her nach vorne, wo Theresa bereits neben einer älteren Dame sitzt und übel gelaunt zu Amadeus hinüberstarrt, der am Flügel auf einem Hocker thront. Ich setze mich zwischen Poldi und seine *Maman*, die sich gleich zu mir herüberbeugt und flüstert. „Es tut mir so leid, *mon Cœur*, aber unsere Reiter konnten deine Familie in der Kastanienallee nicht ausfindig machen. Beziehungsweise stehen an der Kastanienallee keine Häuser. Nur Felder. Dahinter Wald." Sie streicht mir mit ihrer Hand, an deren Fingern lauter große Ringe stecken, über die Wange. „Oh, du armes, armes Herzenskind. Jetzt lass dich erst einmal von der Musik dieses Wunderknaben verzaubern. Es wird dir vorkommen, als würdest du die Engel singen hören." Sie lächelt und ich sehe, dass sie auf ihr weißes Gesicht zwei rote Kreise als Wangen gemalt hat. Genau wie alle anderen Damen hier. Scheint gerade trendy zu sein.

Ich lächle auch. „Vielen Dank."

Das war zu erwarten, dass vor zweihundertfünfzig Jahren mein aktuelles Wohnhaus noch nicht gebaut war. Und es wäre sehr verwunderlich gewesen, wenn meine Eltern vor Ort gewesen wären. Schließlich haben die keinen Schlag gegen den Kopf bekommen, sodass sie ebenfalls diese großartige Zeitreise ins achtzehnte Jahrhundert unternehmen konnten. Ich fasse genau jetzt einen Plan. Ich mache dieses einmalige Mozart-Ereignis noch mit, bringe den Bettelkindern mit Poldi reichlich Essen und anschließend haue ich meinen Kopf gegen den Kaminsims oder ich bitte Poldi, mir ein Buch gegen den Kopf zu schleudern. Oder Theresa wirft ihre goldene Kugel. Hauptsache, ich werde ohnmächtig!

Leopold, der Vater von Mozart, steht direkt neben dem Flügel. Für seinen Auftritt hat er sich einen hellvioletten Seidenmantel angezogen und dazu eine hellgelbe Hose mit weißen Strümpfen und Schnallenschuhen. Wirklich sehr elegant. Die Perücke seines Sohnemanns sieht auch wieder ordentlich und nicht mehr ganz so zerzaust aus. Leopold blickt stolz in die Runde und holt dann ein weißes Seidentuch hervor, das er einem anderen, recht fülligen Herrn in weinrotem Seidenmantel überreicht. Poldi tritt mir leicht gegen das Schienbein. „Das ist mein Vater!"

Der König ist wirklich richtig rundlich. Und ziemlich groß. Das ist also der Typ, den die Diener auf seiner Liege durchs Zimmer tragen müssen. Witzig! Er hat irgendwie ein freundliches Gesicht und auch so eine komische weiße Löckchenfrisur. Er nimmt das weiße Seidentuch und deckt es anmutig über die Tasten vom Flügel. Dann klopft er Wolfgang Amadeus auf die Schulter, so, als wollte er sagen: „Du machst das schon, mein Junge."

Amadeus neigt seinen Kopf und wartet, bis sich der König neben die Königin gestellt hat. Dann sieht er noch einmal kurz auf und zwinkert mir plötzlich zu, als seien wir beste Freunde. Ich zwinkere zurück, um nicht unhöflich zu wirken. Knicksen kann ich ja schlecht im Sitzen. Theresa guckt demonstrativ nicht zu Wolfgang Amadeus und holt stattdessen ihr Stickzeug aus dem kleinen Stoffbeutel, den sie dabeihat. Sie fängt tatsächlich an, mit Nadel und Faden irgend so eine Blume zu sticken, während die Gesellschaft gespannt die Luft anhält, ob Wolfgang Amadeus bei seinem Klavierstück auch alle Tasten trifft. Ich muss sagen, der Junge spielt wirklich unglaublich virtuos! Seine Finger tanzen nur so über dieses glitschige Seidentuch und die Töne flattern fröhlich aus dem Flügel hervor. Jetzt hat er auch noch die Augen zugemacht. So, als gäbe es uns andere gar nicht. Er braucht nicht einmal Noten für dieses komplizierte Stück! Es ist, als würde es ihn kein bisschen Anstrengung kosten, dieses hüpfende und springende Stück zu spielen. Als würde er es einfach fühlen. Als sei er selbst die Musik. Und ich stelle mich an, wenn ich die ersten zwei Takte vom Türkischen Marsch fehlerfrei spielen soll!

Krass!

Wie macht dieser Mozart das? Ich meine, dieses schnelle Spielen scheint ihm wirklich extrem viel Spaß zu machen. Ich schätze, der denkt gar nicht darüber nach, was er da gerade mit seinen Fingern macht. Er macht es einfach.

Poldi flüstert: „Ich geb's zu, er ist ein Genie!"

Und ich flüstere zurück: „Ja, ich denke, da hast du recht!"

Theresa stickt einfach nur, aber aus dem Augenwinkel beobachtet sie Wolfgang Amadeus ganz genau, um zu prüfen, ob er merkt, dass sie ihn voll links liegen lässt. Aber er merkt es nicht, weil er ja seine Augen geschlossen hat und ich schätze, das macht Theresa richtig rasend! Jetzt stiert sie ihren Angebeteten übertrieben wütend an. Sie stöhnt und scharrt mit ihren Schnallenschuhen. Und unter uns: Sie hätte definitiv bessere Chancen bei dem Jungen, wenn sie netter zu ihm wäre. Ich meine, er will Marie Antoinette heiraten, weil sie so freundlich zu ihm war! Der

Fall liegt also klar auf der Hand! Amadeus steht auf freundliche Menschen. Vielleicht sollte ich das Theresa mal verraten? Und gerade als ich mir überlege, dass ich ihr diesen hilfreichen Beziehungs-Tipp geben werde, fällt mir auch noch der Rest von Marie Antoinettes Leben ein und mir wird schlecht.

Ich weiß etwas, das hier niemand sonst im Raum weiß. Ich weiß, wie dramatisch es mit Marie Antoinette enden wird! Eigentlich müsste ich das arme Mädchen direkt vorwarnen und ihr sagen, dass sie besser nicht den reichen und unheimlich mächtigen französischen König heiratet! Ganz ehrlich?! Das übersteigt gerade mein Vorstellungsvermögen. Erst mal werde ich Theresa den Rat mit der Freundlichkeit geben. Vielleicht heiraten Mozart und sie dann wirklich eines Tages! Damit hätte ich automatisch die komplette Geschichte umgeschrieben. Mit einem einzigen gut gemeinten Ratschlag! Ist das nicht verrückt?!

Vielleicht sollte ich doch einfach von meinem goldenen Stühlchen aufstehen und sofort versuchen, wieder in die Gegenwart zurückzukommen, bevor ich in der Vergangenheit das totale Chaos anrichte! Gleichzeitig ist das Klavierspiel von Mozart so schön, dass ich davon total gefesselt bin. Es ist wirklich so, als würde man die Engel singen hören. Alle im Saal sind ganz andächtig und still. Die Leute lauschen mit geschlossenen Augen, um auch keinen einzigen Ton zu verpassen und manche Damen tupfen sich sogar mit feinen Spitzentaschentüchern unter den Augen herum.

Nur eine Person in diesem Raum scheint nicht so richtig ein Gespür für die Schönheit dieser Musik zu haben: Theresa.

Plötzlich – an einer ganz besonders mitreißenden Stelle – lässt sie einfach ihren Stickrahmen fallen. Direkt auf den Boden. Krach! Es poltert ziemlich, alle Leute zucken erschrocken zusammen und wispern aufgeregt: „Was war das?“

Und auch Amadeus unterbricht sofort sein Spiel. Er sieht Theresa direkt an. Ihm ist anzusehen, dass er mächtig sauer ist. Um seine Augen legt sich ein dunkler Schatten. Und obwohl ihm sein Vater beruhigend die Hand auf die Schulter legt, springt er von seinem Klavierhocker und stapft direkt auf Theresa zu, die wie eine Statue neben Poldi sitzt. Ich muss sagen, dieser Amadeus sieht echt zum Fürchten aus. Er ruft: „*Mademoiselle*! Unterstehen Sie sich, mir den geringsten Spaß zu machen, wenn ich am Flügel sitze!“

Schnell klappen die Damen ihre Fächer auf und verstecken dahinter ihre entgeisterten Gesichter. Aber ich höre, wie einige von ihnen auch ein bisschen kichern müssen. Die Herren stoßen sich mit ihren Ellbogen an und machen große Augen. Offensichtlich finden die Erwachsenen es sehr amüsant, was hier gerade abläuft. Theresa sitzt kerzengerade und hoch erhobenen Hauptes auf ihrem Stuhl und verzieht keine Miene. Sie nickt Wolfgang Amadeus leicht zu und sagt tatsächlich: „Wären Sie wohl so freundlich, mir meinen heruntergefallenen Stickrahmen wieder aufzuheben?“

Ungelogen! Jetzt ist es wirklich mucksmäuschenstill im Saal. Keiner rührt sich. Alle halten den Atem an. Ich sehe, wie sich Leopold Mozart, der neben dem Flügel steht, vor Schreck die Hand vor den Mund schlägt. Ansonsten rührt sich niemand. Schließlich räuspert sich die Königin ganz, ganz leise und Poldi seufzt gestresst. Amadeus' Gesicht ist geradezu erstarrt. Seine hellblauen Augen sind riesig. Theresa legt minimal ihren Kopf schief. Ich weiß nicht so recht, wie das hier bei Hofe geregelt ist. Aber ich glaube, dass Wolfgang Amadeus im Grunde genommen darauf hören muss, was ihm die Prinzessin befielt. Weil sie ja die angehende Königin ist und er – in Anführungszeichen – nur ein Klaviervirtuose. Das scheint Wolfgang Amadeus auch gerade wieder einzufallen. Denn ganz plötzlich lächelt er milde und macht eine tiefe Verbeugung: „Wie Sie wünschen, Prinzessin Theresa."

Dann streckt er seinen Arm aus und hebt den Stickrahmen auf. Als er ihn Theresa übergibt und sie danach greift, lässt er den Stickrahmen allerdings nicht los, sondern starrt der Prinzessin mit einem Mal warnend in die Augen und sagt mit unterdrücktem Zorn: „Sie sticken da eine wirklich schöne Blume, Teuerste. Mir scheint, es ist eine Rose, mit unzähligen, spitzen Dornen."

Das sollte wohl eine Anspielung auf Theresas zickiges Benehmen sein. Jedenfalls schafft es Wolfgang Amadeus tatsächlich, dass Theresa unter ihrer weißen Puderschicht rot anläuft und sich ein kleines verzaubertes Lächeln nicht verkneifen kann. „Ganz recht, eine Rose mit unzähligen, spitzen Dornen", flötet sie. „Derjenige, der sie besitzen möchte, sollte sie besser zu nehmen wissen." Damit streckt sie Wolfgang Amadeus ihre Hand hin, damit er sie küssen kann. Was er tatsächlich wieder tun will. Der Kohlkopf! Aber zu meiner Überraschung zieht Theresa dieses Mal nicht ihre Hand weg. Und Wolfgang Amadeus gibt ihr einen Kuss. Huch!

Das fällt natürlich auch den anwesenden Gästen sofort auf und alle beginnen augenblicklich zu tuscheln. Leopold Mozart atmet hinten am Flügel erleichtert auf und auch die Königin entspannt sich etwas und trinkt gleich ein Schlückchen aus ihrem Kristallglas.

Poldi stöhnt und meint: „Die beiden nerven richtig!"

9. WIE KOMME ICH WIEDER NACH HAUSE?

Ich will nicht meckern, aber das ganze Konzert hat sechs Stunden gedauert! Ohne Witz! Dieser Wolfgang Amadeus hat komplette vier Stunden am Flügel durchgespielt. Ohne was zu trinken. Immer weiter. Nicht mal Theresa hat ihn mehr unterbrochen. Er hat gespielt und gespielt. Zuerst alles, was er auswendig im Kopf hatte. Dann alle Klavierstücke, die ihm die Herrschaften auf ihren Notenblättern hingereicht haben. Die hat er einfach so vom Blatt gespielt! Einfach so! Diese ganzen hochkomplizierten Noten! Ich hätte Tage gebraucht, um nur einen einzigen Takt davon nachspielen zu können! Na ja. Theresa hat den sonderbegabten Jungen einfach nur angehimmelt und in ihren Stickrahmen mit rosafarbenem Garn A + T gestickt. Ich fand's ein bisschen dick aufgetragen, aber mich fragt ja niemand.

Anschließend hat sich der König zu ihm an seinen goldenen Notenständer gestellt und mit seiner Querflöte losgelegt. Auch wirklich ganz krasse Stücke, die Wolfgang Amadeus dann *akkompagnieren* sollte – wie man hier bei Hofe sagt. Das bedeutet, Wolfgang Amadeus hat das Flötenspiel des Königs auf dem Klavier begleitet und danach haben beide Musikstücke frei improvisiert und als sei das noch nicht genug, hat der König auch noch mal zwei Stunden am Stück alleine geflötet. Mein lieber Schwan! Dem ist der Schweiß in Strömen übers Gesicht gelaufen, aber er wollte einfach nicht mit dem Flöten aufhören, was für die männlichen Zuschauer ziemlich anstrengend wurde, weil die sich ja alle nicht hinsetzen durften. Poldi hätte fast geheult, weil er nicht mehr stehen konnte. Als der König endlich mit seinem Geflöte fertig war und wieder mit Essen beladene Tabletts herumgetragen wurden, hat Poldi mich heimlich mit seinem Schnallenschuh angestoßen und geflüstert: „Lass uns zu den Bettelkindern gehen."

Und ich habe erleichtert zurückgeflüstert: „Gute Idee!"

Wir haben uns ein paar von den weißen Servietten genommen, die auf den Tischchen lagen, haben da die Pasteten und Weintrauben reingefüllt und sind damit ganz schnell durch die Terrassentüren nach draußen gelaufen, zwischen den Damen und Herren hindurch, die in der lauen Sommernacht ein bisschen frische Luft schnappen wollten. Als wir zu dem versteckten Tor in der efeuumrankten Mauer kamen, kauerten die armen Bettelkinder auf dem Boden und haben im sanften Licht des Vollmondes geschlafen. Poldi und ich haben uns ans Gitter gestellt und leise gerufen: „He! Hallo! Wir haben was für euch!"

Sofort wurden die Kinder wach, sind aufgesprungen und haben uns aus ihren großen Augen überrascht angesehen. „Wir hätten nicht geglaubt, dass ihr noch kommt."

Poldi hat ihnen schnell die Pasteten durchs Gitter zugesteckt und gemeint: „Wenn ich etwas verspreche, halte ich es auch. Hier! Nehmt das alles! Bringt es euren Geschwistern und Eltern!“

Ich habe Poldi immer die Servietten hingehalten, in denen das Obst und die Gebäckstücke waren, und Poldi ist richtig begeistert gewesen, dass wir so viel zu geben hatten. Die Kinder haben ihre Arme durchs Gitter gesteckt und wollten Poldi und seinen feinen Seidenmantel berühren. Dazu haben sie immer gesagt: „Sie sind zu gnädig, Prinz Poldi!“

Als wir nichts mehr zu verteilen hatten, hat Poldi allen Kindern, groß und klein, die dreckigen Hände geschüttelt und sogar von seinem Seidenmantel die Knöpfe abgerissen, um sie auch noch durchs Gitter zu stecken: „Hier! Nehmt meine Goldknöpfe!“ Er ist richtig irre geworden, so glücklich hat es ihn gemacht, seine Sachen zu verschenken. Ehrlich! Schließlich sind wir dicht am Schloss entlang zurückgeschlichen und Poldi meinte total erfüllt: „Morgen Abend verteile ich meine Schuhe!“

Ich bin so müde und erschöpft, als wir wieder im hell erleuchteten Saal zwischen all den Gästen stehen und das Gelächter und die unzähligen Stimmen über unseren Köpfen schweben. Meine Perücke wird immer schwerer und es fühlt sich an, als würde ich einen Betonklotz mit mir herumtragen. Meine Augen kann ich auch kaum noch offen halten. Ich glaube, so viel wie heute habe ich in meinem ganzen Leben noch nie an einem einzigen Tag erlebt. Das Kerzenlicht, das sich in den unzähligen Kristallen der Kronleuchter bricht, verschwimmt vor meinen Augen. Die farbigen Ballonkleider wirbeln um mich herum. Das Gläserklirren wird immer lauter in meinen Ohren. Das Lachen. Ich werde hin und her geschoben, wie in einem wogenden Meer aus Seide. Als einer von Poldis dicken Möpsen auch noch anfängt, an meinem Schnallenschuh herumzukauen, verabschiede ich mich höflichst in mein Gästezimmer. Ich will nur noch schlafen! Es ist bestimmt schon weit nach Mitternacht. Zuerst umarme ich Theresa, dann Poldi. Und ich flüstere in sein Ohr: „Danke, dass wir den Kindern geholfen haben."

Und er flüstert zurück: „Danke, dass du diese fantastische Idee hattest!"

Ein einziges Mal bin ich so lange wach geblieben und das war letztes Jahr zu Silvester. Aber heute Nacht ist kein Silvester, auch wenn man das glauben könnte. Nämlich gerade als mir die drei Kammerdienerinnen in meinem Schlafgemach im flackernden Kerzenschein helfen, die Perücke und diese tausend Kleiderlagen wieder abzulegen, geht draußen über dem großen Garten ein gigantisches Feuerwerk los. Es knallt und blitzt und leuchtet in allen Farben. Obwohl mir gerade die rundliche Kammerzofe hinten die Bänder von meiner Korsage aufknotet, laufe ich zur Terrassentür und drücke mir die Nase an der Scheibe platt. „Oha!" So ein wunderschönes Feuerwerk habe ich noch nie gesehen! Der ganze Nachthimmel ist neblig und über den quadratisch geschnittenen Bäumen explodieren die Raketen in allen Farben. Es ist viel schöner als das Feuerwerk bei uns in Berlin. Viel schöner, weil hier überhaupt keine hohen Häuser stehen. Tatsächlich sehe ich jetzt, wie die bunten Farben ihre Bilder in den Himmel malen und in der Unendlichkeit erlöschen. Vielleicht freuen sich die armen Bettelkinder auch darüber.

„Ist das nicht schön?“ Die Kammerdienerinnen stellen sich neben mich und zusammen beobachten wir dieses einmalige Schauspiel. Obwohl ich sehr müde bin, erfüllt mich mit einem Mal ein absolut feierliches Gefühl. Heute habe ich wirklich etwas ganz Unglaubliches erlebt. Etwas Überwältigendes, Einzigartiges. Etwas ganz und gar Vollkommenes. Mozarts Klavierspiel. Die Bettelkinder, denen wir etwas zu essen gegeben haben. Theresas Freundschaft. Poldis Güte! Mein feines Seidenkleid! Gleichzeitig ist in mir eine nie gekannte große Traurigkeit. In dieser nächtlichen Feierlichkeit vermisse ich meine Familie noch ein bisschen heftiger. Einerseits möchte ich nichts lieber als nur zu ihnen nach Hause, zu meiner großen Schwester ins Etagenbett, tief und fest schlafen und morgen wieder zur Schule gehen – so, als sei nie etwas passiert.

Auf der anderen Seite wünschte ich mir sehnlichst, Ella und Mama und Papa wären hier und könnten sehen, was ich Wunderschönes sehe und erlebe. Ich atme tief ein und offenbar seufze ich sehr laut, weil plötzlich die große Kammerdienerin ihren Arm um mich legt und fragt: „Vermissen *Mademoiselle* ihre Eltern?“

Ich nicke.

Und die Kammerdienerin meint so total mitfühlend: „Ich weiß, es ist schwer, plötzlich ohne Eltern durchs Leben gehen zu müssen. Ich habe meine geliebten Eltern auch sehr früh verloren. Sie sind beide an den Pocken gestorben.“

„Oh, wie furchtbar!“, sagen die anderen beiden Kammerdienerinnen und machen sofort mitfühlende Gesichter. Und mir wird auch gleich ganz schwindelig. Das ist eine wirklich entsetzliche Geschichte. Die armen Menschen, die vor zweihundertfünfzig Jahren gelebt haben! Kein Wunder, dass sie sich nicht mit Wasser waschen wollen, wenn sie denken, dass da Bakterien drin sind, die einen umbringen können. Ich hoffe nur, dass ich nicht für immer hierbleiben muss. Hinterher fange ich mir auch noch irgendeine heftige Krankheit ein. Oder darf mich nie wieder waschen.

Und obwohl das Feuerwerk so fröhlich draußen am nächtlichen Himmel leuchtet, drehe ich mich um und sage erschöpft: „Ich glaube, ich muss jetzt schlafen. Ich bin sehr müde!"

Sofort helfen mir die drei Dienerinnen aus den restlichen Unterröcken und der seltsamen Riesen-Unterhose. Alleine komme ich da jedenfalls nicht raus. Diese unzähligen Bänder würde ich nur miteinander verknoten. Mit einem Mal habe ich es wirklich eilig, allein zu sein. Ich bin so voller Sehnsucht nach meiner Familie und voll von Heimweh, dass ich es fast nicht mehr aushalte. Ich kann es kaum erwarten, dass die Dienerinnen ganz schnell das Zimmer verlassen, damit ich mir jetzt gleich meinen Kopf am Kaminsims anhauen kann.

Das Vorhaben ist ziemlich schräg, ich weiß! Aber was soll ich sonst machen? Hat jemand eine bessere Idee, wie ich wieder in meiner Gegenwart aufwachen könnte? Die würde ich gerne hören, weil ich alles andere als wild drauf bin, mir den Kopf anzuhauen. Gleichzeitig will ich dringend wissen, ob das bitte, bitte der Weg ist, wieder nach Hause zu kommen. Was, wenn nicht? Meine Familie scheint so unendlich weit weg.

Zweihundertfünfzig Jahre weit weg! Das muss man sich mal vorstellen! Zweihundertfünfzig Jahre! Wie soll ich die überbrücken? Es gibt kein Telefon. Keine Zaubertür. Nicht unser Wohnhaus an der Kastanienallee. Nur Wald und Felder. Hier in der Rokoko-Zeit gibt es meine Familie nicht!

Jetzt kriege ich richtig Panik. Was, wenn ich Mama, Papa und Ella nie wiedersehe? Was, wenn es keinen Weg zurück gibt? Was, wenn das hier ein Koma ist und ich nie wieder aufwache? Ich versuche, ruhig zu atmen. Ich will mir nichts anmerken lassen. Die Kammerdienerinnen zupfen an mir herum und schließlich habe ich nur noch das weiße Unterkleid mit den goldfarbenen Trägern an. Die rundliche Kammerzofe meint: „Das Kleid können *Mademoiselle* gleich für die Nacht anbehalten."

Ich gähne ein kleines bisschen. „Vielen Dank!" Aber innerlich zittere ich vor Anspannung!

Die drei sammeln die Kleiderberge zusammen und verschwinden mit kleinen Knicksen durch die Tür neben der Bettnische. Die große Kammerdienerin meint mit so einem leicht müden Blick: „Klopfen Sie einfach gegen die Wand, wenn *Mademoiselle* etwas brauchen. Ich schlafe gleich nebenan."

Ich sage noch einmal: „Danke! Und Gute Nacht!"

Und dann geht die Tür zu. Die Kerzen flackern auf dem Kaminsims. Auf dem kleinen goldenen Tischchen. Überall ist Kerzenschein. So warm und andächtig. Und es ist still um mich herum. Das Feuerwerk ist vorbei. Draußen, hinter der Terrassentür, ist nur noch schwarze Nacht. Ich lausche, ob ich die armen Bettelkinder rufen höre. Aber da ist nichts. Nur Schweigen. Dunkelheit. Einsamkeit. Ich ziehe die Gardinen und den schweren Seidenvorhang vor den Terrassentüren zu und bleibe für einen Moment in der Stille des Raumes stehen. Die Gemälde in den dicken goldenen Rahmen scheinen wie tiefe düstere Augen, die von den Wänden zu mir heruntergucken.

Bevor ich mich richtig einsam fühle, sollte ich einfach genau jetzt meinen Kopf gegen den Kaminsims hauen. Ohne darüber nachzudenken. Nicht, dass ich noch Zweifel bekomme. Ich meine, welcher vernünftige Mensch haut schon mit Absicht seinen Kopf gegen einen Kaminsims?! Eine andere Möglichkeit sehe ich allerdings nicht. Das Einzige, was ich noch versuchen könnte, wäre, dass ich gleich morgen früh zu dieser hohen Hecke im Garten renne, aus der ich heute Vormittag herausgesprungen kam, und nachgucke, ob es da womöglich einen versteckten Tunnel in die Zukunft – also – in meine Gegenwart gibt. Könnte doch sein! Oder?

Ja! Das ist eine gute Idee! Bevor ich mich selbst verletze, Wundstarrkrampf kriege und trotzdem nicht wieder nach Hause komme, probiere ich es erst mal mit der Hecke. Vielleicht ist darin tatsächlich ein Zeittunnel verborgen. Wer jetzt denkt, dass ich einen Knall habe, dem kann ich nur sagen: Wenn es möglich ist, durch die Zeit zu reisen, dann ist es auch möglich, dass es Zauberhecken mit Zeittunneln gibt – alles klar?!

Ich puste nacheinander die Kerzen aus und im Zimmer ist es stockdunkel. Ich sehe nichts mehr. Alles schwarz.

Vorsichtig taste ich mich bis zu meinem Bett und lege mich hinein. Ich ziehe die blaue Seidendecke bis über die Ohren und bevor ich vor lauter Heimweh so richtig traurig werden kann, bin ich auch schon tief und fest eingeschlafen und träume, wie ich meiner Tischnachbarin Lucy in unserem Klassenzimmer die Meinung sage. Vor all unseren Klassenkameraden. Ich stehe direkt vor ihr und sage mit richtig viel Wut in der Stimme: „*Mademoiselle*! Unterstehen Sie sich, mir den geringsten Spaß zu machen!"

Da macht sie aber ein erstauntes Gesicht. Und ich starre sie warnend an. Genau wie Wolfgang Amadeus das bei Theresa gemacht hat. Er hat sein kostbarstes Spiel verteidigt, das war ihm wichtiger als alles andere – obwohl Theresa sogar die Prinzessin ist! Und es hat ihm nicht geschadet. Im Gegenteil, Theresa hat richtig Respekt vor ihm bekommen und hat ihn nicht mehr wie einen unter ihrem Niveau behandelt. Anschließend durfte er sogar ihre Hand küssen. Offenbar muss man manchmal klipp und klar sagen, wenn es reicht. Man muss Grenzen setzen, damit die Leute wissen, dass sie sich nicht alles mit einem erlauben können. Das habe ich heute gelernt.

Ich muss gestehen, in dieser Nacht schlafe ich sehr gut. Bis mir etwas übers Gesicht schleckt. Direkt an meiner Nase schnüffelt jemand herum. Ich schlage die Augen auf und gucke in zwei große schwarz glänzende Mopsaugen. Und schon schleckt mir wieder eine rosa Zunge quer durchs Gesicht. Ich habe keine weiteren Fragen mehr. Ganz klar: Mir schlabbert gerade ein Mops an der Nase herum. Und da wir zu Hause keinen Mops haben, heißt das: Über Nacht bin ich nicht einfach wieder aus meiner seltsamen Zeitreisen-Ohnmacht erwacht. Ohne Zweifel befinde ich mich noch immer im Schloss. In meinem superweichen Gästebett. Und auf einem der hübsch bestickten Kissen sitzt ein dicker Mops und schlabbert mich ab. Toll! Wirklich toll!

Ich richte mich auf, weil das jetzt mal mit dem Mops-Geschlabber reicht. „He! Ich bin doch kein Würstchen!"

Und weil sonst gerade niemand im Raum ist, erlaube ich mir mal eine kleine Frechheit, rutsche rüber zum gestreiften Seidenvorhang und wische heimlich mein nasses Gesicht daran ab. Schließlich haben die ja hier nirgends fließend Wasser! Der Mops gibt so einen rauen kläffenden Laut von sich, hüpft mit einem Hopser vom Bett und wackelt aus der angelehnten Flügeltür. Kaum ist der Mops draußen und ich wieder auf meinem Bett, kommt Theresa rein. Noch im Nachthemd und mit offenen wunderschönen schwarzen Haaren. „Guten Morgen, *Mademoiselle* Fanny."

Ich bin echt überrascht und rufe: „Du hast ja schwarze Haare!"

Theresa klettert neben mich aufs Bett und zieht die Beine an. „Was dachtest du denn? Dass meine weiße Perücke echt ist?"

Ich zucke mit den Schultern. „Keine Ahnung. Ich hätte nur nicht gedacht, dass du so schöne Haare unter einer Perücke versteckst."

Theresa seufzt dramatisch. „Was soll ich machen? Diese Teile sind nun mal groß in Mode. Ich kann nicht einfach ohne herumrennen."

„Und warum nicht?“, frage ich.

„Weil das eben so ist.“ Theresa sieht mich irritiert an, als hätte sie gar keine Wahl. Als gäbe es nur die Möglichkeit, den ganzen Tag mit dieser kiloschweren Perücke herumzurennen. Als sei das so eine Art Gesetz oder so. Na ja. Solange ich das nicht muss, werde ich jetzt nichts dazu sagen. Wobei ich mich frage, von wie vielen Dingen wir Menschen tagtäglich ausgehen, dass sie genau so sein müssen, ohne, dass sie es müssen. Ich meine, Theresa denkt auch, dass sie sich nicht mit Wasser waschen darf. Zweihundertfünfzig Jahre später sieht man das ganz anders. Da ist es wiederum geradezu Pflicht, sich regelmäßig zu waschen. Oder auch die Sache mit den eng geschnürten Korsagen und riesigen Reifröcken – gibt's alles nicht mehr. Ich trage im Jahr 2018, wie gesagt, Jeans! Und die Sache mit Marie Antoinettes schrecklichem Schicksal – gibt's bei uns in Deutschland auch nicht mehr. Aber früher schien man offenbar noch nicht zu wissen, dass man Leute nicht einfach einen Kopf kürzer machen darf. Oje! Mein Herz holpert schon wieder aufgeregt. Ich habe so ein schlechtes Gewissen, wenn ich ihr Schicksal für mich behalte! Hinterher bin ich schuld, wenn Marie Antoinette …

Theresa tippt mich an. „He, was ist los? Deine Gesichtsbildung ist so ernsthaft.“

„Meine was?“ Ich schüttle kurz meinen Kopf, weil ich gerade irgendwie richtig abwesend war.

„Na, deine Gesichtsbildung!“ Theresa zeigt auf mein Gesicht und meint: „Du siehst so bekümmert aus. Geht es dir nicht gut?“

Ich hebe die Hand. „Doch, doch, alles bestens. Ich vermisse nur meine Familie und frage mich, wie ich wieder nach Hause komme."

„Wenn du willst, werfe ich dir noch mal meine goldene Kugel an den Kopf", meint Theresa und rutscht wieder vom Bett. „Vielleicht kriegen wir dich so wieder in deine Gegenwart zurück. Warte, ich hole sie eben aus meinem Gemach."

Gerade als sie schon losrennen will, sage ich glücklich: „Theresa, du bist super!"

„*Vraiment*?" Sie kriegt mit einem Mal ganz leuchtende Augen. „Findest du das wirklich?"

Ich zucke mit den Schultern. „Ja! Fast den gleichen Einfall hatte ich nämlich auch!"

Theresa legt begeistert ihre Hände aufs Herz: „Das bedeutet, du und ich, wir denken fast gleich. Wie echte Freundinnen!"

Ich grinse. „Ja, wie echte Freundinnen."

Aber anstatt ihre Kugel zu holen, kommt sie wieder ans Bett zurück und guckt gleich wieder ganz dramatisch. „Ich bin vollkommen erfüllt! Du bist die erste Freundin, die ich habe. Meine Teuerste …"

Und ich sage: „Ganz ehrlich? Du bist meine erste Freundin, die ich habe!" Für einen Augenblick sehen wir uns feierlich an und halten uns an den Händen. Dann umarmen wir uns ganz fest. Und ich muss sagen, es fühlt sich toll an, eine Freundin zu haben!

Theresa lässt mich wieder los und macht plötzlich erschrockene Augen. „Aber meiner liebsten, teuersten Freundin kann ich doch nicht meine goldene Kugel an den Kopf werfen. Was für eine abscheuliche Tat! Das bringe ich nicht übers Herz!"

„Verstehe." Ich nicke beipflichtend. „Das wäre wirklich etwas komisch. Darum lass uns vielleicht vorher noch mal in den großen Garten zu der Hecke gehen, wo ich gestern Vormittag rausgesprungen kam, und nachsehen, ob wir da eventuell eine Art Zauberloch oder so etwas entdecken."

„Interessanter Gedanke!" Die Prinzessin guckt richtig abenteuerlustig und fasst nach meinen Händen. „Lass uns sofort hingehen, Fanny!" Sie zieht mich von der Matratze, rennt zur Terrassentür, reißt zuerst die Vorhänge auf, dann die Gardinen, dann die Tür. Mit Wucht kommt die Morgensonne zu uns herein und flutet den gesamten Raum. Die goldenen Stühlchen, die goldenen Rahmen, die goldenen Kerzenständer, alles erstrahlt in ihrem Licht.

Ich folge Theresa hinaus auf die sonnenbeschienene Terrasse. In den Sommermorgen hinaus. Die Vögel zwitschern seltsam zart in den Bäumen. Alles ist so friedlich und sanft. Theresa greift wieder nach meiner Hand und dann laufen wir barfuß, in unseren weißen Nachthemden die warmen Stufen hinunter, hinein in den großen Garten, quer über die von Tau benetzten Rasenflächen, vorbei an rosenumrankten Lauben, vorbei an den weißen Steinfiguren, unter den würfelförmigen Baumkronen hindurch, direkt auf die Hecke zu. Theresas langen schwarzen Haare fliegen und ich weiß, dass Ella sie gerne mögen würde. Weil Theresa genauso entschlossen ist wie meine große Schwester. Entschlossen und mutig. Und plötzlich fühle ich mich ein ganz klein wenig zu Hause. Gleichzeitig habe ich noch viel schlimmere Sehnsucht nach meiner Familie. Aber ich fühle noch etwas. Etwas ganz Besonderes: Dass ich in Theresa vielleicht wirklich eine echte Freundin habe. Die ich vermissen werde – wenn ich nicht mehr hier bin.

10. EIN ZEITTUNNEL IN DER HECKE

„Da wären wir.“ Theresa stoppt ein paar Schritte vor der großen, in eine gerade Form geschnittenen Hecke. Sie zeigt auf die Mitte der Hecke. „Genau da kamst du gestern rausgeflogen.“

Barfuß gehen wir über das kurze kühle Gras, bis wir ganz dicht vor der Hecke stehen. Ein dunkelgrünes Blättchen wächst hübsch neben dem anderen. Ein Ästchen neben dem anderen Ästchen. Genau wie es bei einer königlichen Hecke sein sollte. Ich streiche mit der Hand über das fein säuberlich gestutzte Blätterwerk. Die dichte Oberfläche ist total unbeschädigt. Nirgendwo ein winziges abgeknicktes Ästchen oder abgefallene Blätter, die darauf hindeuten würden, dass da gestern ein elfjähriges Mädchen aus der Zukunft durch die Hecke gesaust kam. Theresa geht noch näher heran und sieht sogar zwischen die Blättchen. „Seltsam! Seltsam!“ Sie schüttelt den Kopf. „Die Hecke ist unberührt.“

Ich werde ein bisschen nervös und frage: „Bist du dir sicher, dass es genau diese Stelle war, an der ich aus der Hecke aufgetaucht bin?“

„Ja! Todsicher! Ich weiß es, weil hier noch der Fußabdruck von deinem komischen Schuh neben der Vogeltränke zu sehen ist.“ Theresa stupst mit ihrer nackten Zehe in den Sand, wo tatsächlich neben einer kleinen Vogeltränke der Abdruck meines Turnschuhs zu erkennen ist. Etwa einen halben Meter von der Hecke entfernt.

„Aber wie kann ich aus dieser verdammten Hecke rausgeflogen sein, wenn sie völlig unbeschädigt ist?! Erklär mir das mal bitte!“ Ich gebe zu, ich schreie meine Frage fast ein bisschen, weil es mir gerade mit diesem Zeitreise-Wahnsinn reicht!

Theresa zuckt hilflos mit den Schultern und sieht echt bekümmert aus. So, als könnte sie total nachvollziehen, dass man keinen Nerv hat, sich in einer komplett anderen Zeit aufzuhalten, als in der, in die man nun mal geboren wurde. Typhus hin oder her. „Ich weiß es doch auch nicht!“, ruft sie ehrlich verzweifelt. „Ich kenne mich genauso wenig wie du mit diesem Zeitreisen-Käse aus!“

Und jetzt muss ich weinen. Ich setze mich in meinem weißen Nachthemd auf den kurz geschnittenen Rasen, schlage meine ungewaschenen Hände vors Gesicht und heule. So, wie ich schon seit hundert Jahren nicht mehr geheult habe. Haha! Seit hundert Jahren! Mit solchen Formulierungen sollte man echt vorsichtig sein, sonst finde ich mich gleich bei den Neandertalern wieder – mit meinem Glück für Zeitreisen!

Aber ehrlich! Ich habe lange nicht mehr so geweint, weil ich mir wegen Lucy und meiner ganzen Klasse das Weinen abgewöhnt habe. Sonst könnte ich jeden Tag in der Klasse in Tränen ausbrechen, weil die so bescheuert zu mir sind und ich nicht weiß, was ich dagegen tun soll! Ich bin eben nicht so forsch wie Ella oder Theresa. Mir fällt einfach nie ein, was ich sagen soll, wenn Lucy so gemein wird. Mein Kopf ist dann leer. Und damit ich nicht mehr als nötig darunter leide, habe ich letztes Jahr zu Weihnachten beim Wichteln in der Klasse beschlossen, dass ich wegen dieser Arschgeige nicht mehr heule! Denn: Ausgerechnet Lucy hatte mich beim Wichteln gezogen und mir einen in Geschenkpapier eingewickelten Plastikhundehaufen geschenkt. Das war so verletzend, dass ich mich innerlich „von meinen Gefühlen abgeschnitten“ habe. So jedenfalls nennt Mama das, wenn sie findet, dass Papa sich mal mehr um seine Mutter kümmern sollte, von der er einfach nur genervt ist. Sie sagt dann immer: „Jan, du hast dich von deinen Gefühlen abgeschnitten!“ Damit meint sie, dass er für Oma nichts mehr fühlen will, um kein schlechtes Gewissen zu haben, weil er sie nicht regelmäßig anruft.

Aber das ist ein anderes Thema. Jedenfalls muss ich gleich noch mehr weinen, als ich an meine Familie und meine Oma denke. Theresa setzt sich neben mich ins Gras und ich schluchze: „Ich will nach Hause!“

Theresa streicht mir über den Rücken und meint: „Uns wird schon was einfallen. Mir fällt immer etwas ein.“

„Das stimmt.“ Ich grinse und wische mir die Tränen weg. „Du hast echt ein paar gute Tricks drauf, deine Ziele zu erreichen. Ich sage nur: Stickrahmen!“

Theresa grinst stolz. „Danke für die Blumen, *Mademoiselle*.“

Und ich sage: „Ich denke, Wolfgang Amadeus hast du mit der Aktion richtig auf die Palme gebracht."

„Oh, ja. Das habe ich! Dieses Bürschchen soll mich in Erinnerung behalten! Wenn der mir noch einmal mit seiner Marie Antoinette kommt, dann kriege ich aber eine Krise."

Und mit einem Mal blitzen Theresas Augen angriffslustig und sie hat ganz vergessen, dass es gerade noch um mich ging. Sie sagt mit einem Hauch von Gefahr in der Stimme. „Ich kann nichts dafür. Ich bin wirklich sehr eifersüchtig. Vermutlich, weil ich sehr leidenschaftlich bin."

Ich schniefe und jetzt hätte ich gerne mein Spitzentaschentuch. Theresa meint: „Nimm einfach dein Nachthemd für die Nase. Du kriegst gleich ein neues. Wir haben Massen davon."

„Okay." Dann benutze ich eben das Nachthemd, um mich mal kurz zu schnäuzen. Ich weiß, das macht man nicht. Allerdings habe ich gerade andere Probleme, die ich lösen muss. Erstens: Soll ich Theresa jetzt mal sagen, was eigentlich mit Marie Antoinette passiert? Und: Wie komme ich wieder nach Hause?

Theresa steht vom Rasen auf und geht ein paar Schritte. Offenbar ist sie gewohnt, dass die Leute ihr folgen, sobald sie sich woandershin bewegt. Klar. Sie ist eine Prinzessin. Aber das ist nicht der Grund, warum ich jetzt aufstehe. Ich stehe vom Rasen auf, weil ich nicht alleine sein will. Ich gehe hinter ihr her. Theresa redet schon wieder weiter, wobei sie aufgeregt mit ihrem Zeigefinger herumfuchtelt: „Ich sage dir, Fanny! Ich kann sehr unangenehm werden, wenn ich nicht kriege, was ich verlange. Das wird dieser klavierspielende *Monsieur* auch noch zu spüren bekommen. Ich kann gnadenlos sein. Wirklich gnadenlos …“

Innerlich verdrehe ich die Augen, weil ich das jetzt so ein bisschen übertrieben finde, was Theresa da von sich gibt. Ich meine, Wolfgang Amadeus ist ein wirklich netter Junge. Er hat gar nicht vor, Theresa irgendwie zu ärgern oder zu reizen. Er will nur nicht die ganze Zeit von ihr provoziert werden. Darum sage ich: „Ähm, Theresa, ich glaube, Wolfgang Amadeus steht nicht so auf zickige Mädchen, sondern eher auf freundliche. Also, wenn man total liebenswürdig ist und …“

Theresa dreht sich zu mir um: „Wie kommst du denn auf den *Nonsense*? Männer stehen auf wütende Frauen!“

„Wer hat dir das denn gesagt?“ Jetzt gucke ich sie leicht sauer an.

„So etwas weiß man einfach als Prinzessin. Keine Ahnung, woher. Schon bei *Shakespeare* sind die Frauen wütend und zeigen den Männern, wie man Erfolg hat.“

Da kann ich jetzt leider nicht mitreden, weil ich mich mit *Shakespeare* überhaupt nicht auskenne. Aber ich kenne mich etwas mit Wolfgang Amadeus aus – dank meines Referats. Und ich weiß, er findet Freundlichkeit betörend. Also deute ich Theresa etwas von meinem Wissen über sein Leben und den Grund für seine Zuneigung zu Marie Antoinette an. Und natürlich passiert genau das, was zu erwarten war. Theresa will alles wissen. ALLES! Als sei ich eine Wahrsagerin mit Kristallkugel.

Sowieso wird Theresa mit einem Schlag klar, dass ich ja viel mehr weiß, als alle anderen oberschlauen Menschen im Jahre 1768 zusammen. Zumindest in groben Zügen und besonders über Mozart. Sie greift nach meiner Hand, zieht mich mit sich über die Wiese, in die nächste mit Rosen umrankte Laube hinein. Sie ist richtig atemlos und ich denke, sie kippt gleich wieder um. Wir setzen uns auf so ein Bänkchen, Theresa guckt mir tief in die Augen und sagt aufgeregt: „Erzähl mir alles! Alles, was du weißt, teuerste Freundin. Über meinen Angebeteten, sein weiteres Leben. Was bringt uns die Zukunft?"

Ich bin drauf und dran, meine Probleme schon wieder auf später zu verschieben, weil es nichts bringt, in Theresas Gegenwart eigene Probleme zu haben. Irgendwie geht es immer um ihre Themen. Aber weil ich darauf gerade keine Lust mehr habe, sage ich: „Nur, wenn du mir hilfst, nach Hause zu kommen."

„Ja, klar!" Theresa streicht sich ihre schönen schwarzen Haare aus der Stirn. „Habe ich dir doch schon versprochen! Gleich kümmere ich mich darum."

Ich frage: „Versprochen?"

Sie gibt mir die Hand darauf. „Versprochen, *ma chère*. Aber erst, wenn du mir alle wichtigen Details verraten hast. Wann kann man schon mal mit jemandem aus der Zukunft sprechen?"

Tja, und schon habe ich die nächste Schwierigkeit zu lösen, die vermutlich jede Wahrsagerin zu lösen hat. Sie muss sich überlegen, wie viel sie tatsächlich preisgibt.

Ich taste mich langsam vor und sage: „Wie gesagt, ich weiß zum Beispiel, dass dein Angebeteter diese Marie Antoinette so gerne mag, weil sie ihm beim gemeinsamen Spielen wieder auf die Beine geholfen hat, nachdem er hingefallen war."

Theresa Augen verengen sich zu schmalen Schlitzen. „Ich hab's kapiert. Und wann soll das bitte genau gewesen sein?"

Ich zucke mit den Schultern. „Keine Ahnung? Vor sechs Jahren oder so? Da waren sie jedenfalls beide noch Kinder und …“

„Selbstverständlich waren sie da noch Kinder!“, unterbricht mich Theresa ungeduldig. „Wichtig ist, woher du das weißt?“

„Keine Ahnung. Hat meine Schwester mir gesagt und die wusste das, weil sie sich einfach gut mit Marie Antoinette auskennt.“

„Und was ist dann passiert?“ Theresas Fuß wippt ungeduldig.

Ich räuspere mich. „Na ja, dann hat dein Angebeteter wohl gemeint, dass er diese Marie Antoinette heiraten will, weil sie so freundlich ist.“

„Aha.“ Theresa nickt und sieht mich durchdringend an. „Aha.“ Ihr Fuß wippt zunehmend stärker unter ihrem weißen Nachthemd und sie atmet tief ein und aus. „Gut. Dann werde ich jetzt wohl freundlicher zu dem jungen *Monsieur* sein – wenn er so empfindsam ist.“

„Ich denke, das könnte helfen“, sage ich. Obwohl ich von Jungs nicht sonderlich viel Ahnung habe. Mal abgesehen von Joschi, von dem ich wiederum annehme, dass er es sogar witzig gefunden hätte, von Theresa ständig angepöbelt zu werden. Joschi war alles andere als empfindsam. Na ja. Die Menschen sind offenbar verschieden. Ich meine, so, wie Theresa sich an Wolfgang Amadeus ranmacht, würde ich das nie tun. Aber im Jahre 2018 hat man als zwölfjähriges Mädchen auch nicht unbedingt einen Jungen im Visier, von dem man voller Überzeugung sagt, dass man ihn heiraten wird.

„Aha.“ Theresa guckt mich immer noch an und ihr nackter Fuß wippt immer nervöser. „Und? Heiratet er später dieses zarte Pflänzchen?“

Ich schüttle leicht den Kopf. „Nein. Mehr sage ich aber nicht dazu.“

Theresa lächelt zufrieden. „Das musst du auch nicht, *Mademoiselle*. Den Rest der Geschichte kann ich mir ja denken.“ Sie springt von der Bank auf und mit einem Mal hat sie richtig rote Wangen. Siegessicher blinzelt sie in die Sonne. „Was für ein herrlicher Vormittag! Dann kann ich ja ganz souverän meiner Zukunft entgegensehen.“

„Na großartig! Könnten wir uns dann jetzt mal Gedanken über meine Zukunft machen?“, frage ich und stehe ebenfalls vom Laubenbänkchen auf. Nicht, dass Theresa jetzt gleich zu unserem Wunderknaben rennt und ich immer mehr Zeit verliere. Ich dränge mich an ihr vorbei, verlasse die Rosenlaube und gehe barfuß den sandigen Weg unter den Würfel-Bäumen zurück zur Hecke. Ich kann nicht glauben, dass hinter all den Blättchen nicht doch irgendwo ein Zeittunnel verborgen ist! Das geht ja gar nicht anders. Irgendwie muss ich schließlich hierhergekommen sein! Theresa läuft hinter mir her und holt mich ein. „Was hast du jetzt vor?“

Ich sage: „Wir müssen die Sache systematisch angehen. Quadratzentimeter für Quadratzentimeter müssen wir jetzt die Hecke nach Spuren absuchen.“ Ich gehe langsam an der Hecke entlang und gucke mehr oder weniger hinter jedes Blättchen.

Theresa folgt mir auf dem Fuß. „Suchst du immer noch nach diesem komischen Zauberloch?“

„Das ist kein komisches Zauberloch! Das ist der Weg zurück in mein Leben."

„Ich will dich nicht entmutigen, *Mademoiselle*. Aber ich glaube, so ein Loch gibt es nicht. Ich meine, wir hätten es vermutlich vorhin schon gefunden. Wir haben ja bereits alles abgesucht."

Ich bleibe stehen und stemme die Fäuste in die Seiten und jetzt ist es mir egal, dass Theresa eine Prinzessin ist, der gegenüber ich mich angemessen verhalten muss. Ich pfeife drauf! Dieser ganze Höflichkeitskram mit dem Rumgeknickse ist für mich nicht zwingend, weil ich nicht in diese merkwürdige Zeit gehöre! Für mich ist Theresa ein ganz normales Mädchen, das in sehr jungen Jahren bereits festlegen will, wen es heiraten möchte. Das ist komplett seltsam! 2018 gibt es bei uns in Deutschland gar keine Könige mehr. Die sind längst abgeschafft! Ich rufe aufgeregt: „Natürlich gibt es so ein Loch! Wie soll ich sonst in euren Garten gekommen sein!?"

„Keine Ahnung!"

„Siehst du! Und solange du keine Ahnung hast, lasse ich mich durch dich nicht entmutigen!" Jetzt bin ich sauer! Ich hätte schon viel früher mal sauer sein sollen. Das bringt's echt! Auch wenn ich ahne, dass Theresa eigentlich recht hat. Aber ich will gerade nicht, dass sie recht hat, weil ich sonst total hoffnungslos werde!

Theresa macht gleich ein erschrockenes Gesicht. „Ist ja gut. Ich meine ja nur, logisch ist das nicht, dass es einen Zeittunnel in unserer Hecke gibt."

„Es ist auch nicht logisch, dass ich hier bin!" Mir laufen die Tränen runter und ich werde gleich wahnsinnig!

„*Touché!*", meint Theresa und ich weiß leider nicht, was dieses bekloppte Wort bedeutet. Tuschee. Die immer mit ihrem Französisch! Was soll das überhaupt? Wir sind hier nicht in Frankreich! Wie auch immer! Theresa fängt wieder an, die Hecke noch mal ganz genau nach einem versteckten Loch hinter den Blättchen abzusuchen. Offenbar spürt sie meine Not. Und ich sage: „Danke, Theresa! Danke, dass du mir hilfst!"

Es tut echt gut, dass sie zumindest so tut, als gäbe es eine minimale Chance auf einen Zeittunnel. Und je mehr wir suchen, desto mehr steigern wir uns rein, dass es tatsächlich so etwas wie einen verborgenen Zeittunnel gibt. Ein bisschen wie Goldsucher, die nicht mehr aufhören können, nach Gold zu suchen, je länger sie suchen und je auswegloser die Sache erscheint. Oder wie Papa, der immer mehr Bilder malt, je weniger Erfolg er hat. Mein armer Papa! Sollte ich je wieder nach Hause kommen, werde ich zu ihm hoch in sein Atelier gehen und ihm sagen, wie schön ich all seine Bilder finde. Und dann werde ich ihm den Tipp mit der naturgetreuen Darstellung geben und vielleicht wird ihm dieser Hinweis neuen Mut machen, durchzuhalten. Aber wie lange soll man eigentlich durchhalten? Woher weiß man, dass das Durchhalten zwecklos ist? Keine Ahnung! Ich gebe jedenfalls noch nicht auf. Und Theresa macht auch nicht den Eindruck, als wollte sie aufgeben. Wir sind voll bei der Sache, als Wolfgang Amadeus den breiten Weg vom Schloss heruntergeschlendert kommt, sich in seinem hellgrünen Seidenmantel und den weißen Strümpfen neben uns platziert und interessiert fragt: „Was veranstaltet ihr denn da?"

„Nichts!“, sagt Theresa sofort und macht gleich ein strenges Gesicht. Damit ihr Angebeteter sofort weiß, dass er seine Nase in Angelegenheiten steckt, die ihn nichts angehen. Aber dann fällt ihr offenbar die Sache mit der Freundlichkeit wieder ein. Also lächelt sie augenblicklich total niedlich und meint mit sanfter Stimme: „Meine Freundin Fanny hat etwas in der Hecke verloren.“

„Aha. Und das sucht ihr jetzt?“ Er kommt näher heran. „Was ist es denn? Darf ich euch helfen?“

Tja, und da wissen Theresa und ich beide nichts zu sagen. „Wir suchen nach einem Zeittunnel“ – das klingt ja wohl etwas seltsam! So, als hätten Theresa und ich nicht mehr alle Tassen im Schrank. Aber dann wird mir klar, dass es total egal ist, ob Wolfgang Amadeus Mozart denkt, dass ich verrückt bin oder nicht. Schließlich habe ich nicht vor, mein restliches Leben im Jahre 1768 zu verbringen. Außerdem kann er uns ja beim Suchen helfen. Schaden kann es jedenfalls nicht. Ich sage: „Um genau zu sein, suchen wir einen Zeittunnel in der Hecke.“

„Einen Zeittunnel?“ Wolfgang Amadeus kriegt gleich riesige Augen. „Oh! Wie spannend! Das ist ja fantastisch! Ein physikalisches Spiel! Wie prickelnd!“

Ich schüttle den Kopf. „Es ist leider kein Spiel. Es ist die harte, erbarmungslose Realität.“ Und dann will ich ihm gleich meine ganze Geschichte erzählen. Damit er weiß, was hier eigentlich los ist! Angefangen bei dem Schlag gegen meinen Kopf im einundzwanzigsten Jahrhundert – zurück zu diesem Augenblick im barocken Zeitalter.

Doch Theresa mischt sich ein und meint so übertrieben

fröhlich: „Doch, doch, Wolfi! Es ist ein Spiel. Ein physikalisches, prickelndes Spiel. Aber bevor wir es weiterspielen, sollten wir erst einmal frühstücken." Sie hakt sich bei „Wolfi" unter und will ihn direkt Richtung Schloss ziehen.

Aber er macht sich los und erklärt: „Ich frühstücke nie!"

Und obwohl Theresa trotzdem weiter versucht, ihn zurück zum Schloss zu bugsieren, bleibt er breitbeinig und entschlossen stehen. „Ich bleibe hier!"

Theresa holt tief Luft. „Wolfgang Amadeus, Sie werden mir etwas zu forsch."

Er zuckt aber nur mit den Schultern und meint tatsächlich: „Wie Sie meinen, *Mademoiselle*."

„Es ist unerhört, der angehenden Königin zu widersprechen! Wenn ich frühstücken will, haben Sie mitzukommen!" Theresa stampft mit dem Fuß auf. Ihre schwarzen Haare fliegen. „*Tout de suite*, Wolfi!"

Und Wolfi – wie sie ihn jetzt nennt – lächelt amüsiert. „Abgelehnt! Wenn Sie mir dennoch Gesellschaft leisten wollen, *Mademoiselle*, freue ich mich sehr, wenn Sie hier an meiner Seite bleiben!"

Und zack dreht er sich um und fängt an, die Hecke akribisch nach einem verborgenen Zeittunnel abzusuchen. Hut ab! Der Junge hat Dampf! Hätte ich gar nicht so gedacht! Vor allen Dingen erstaunt er mich, als er aufgeregt wissen will, wie wir auf diese geniale Idee mit dem Zeittunnel gekommen sind? Und weil Theresa gerade schmollt, erzähle ich dem Jungen im hellgrünen Seiden-Outfit zumindest die Kurzfassung meines Zeitreise-Schicksals, das er für eine großartige Abenteuer-Geschichte mit physikalischen Aspekten hält. Er meint: „So viel Vergnügen hatte ich schon lange nicht mehr! Es ist so berauschend an diesem Ort! Werden wir dann alle durch den Zeittunnel gehen und in eine ferne Zukunft reisen?“

Ich lächle freundlich und lege auch gleich wieder los mit dem Absuchen der Hecke. Wolfgang Amadeus bewegt sich nach links, ich nach rechts.

Theresa stellt sich dicht neben mich und sagt leise: „Ich wollte eigentlich nicht, dass er von dem Zeittunnel erfährt!“

Und ich wispere zurück: „Warum denn nicht?“

„Damit er nicht einfach durch den Zeittunnel abhaut und ich ihn nie wiedersehe!“

„Verstehe“, flüstere ich. „Aber ich denke, da musst du dir keine Sorgen machen. Er kann nur in dieser barocken Zeit existieren. In meiner Zeit hat er ja bereits alles komponiert. Alle Leute kennen im Jahr 2018 seine Symphonien und Opern. Wenn er da irgendwo behaupten würde, dass er der Komponist all dieser Werke ist, würde ihm das natürlich keiner glauben! Sondern alle würden nur denken, dass er ein Kohlkopf ist, der idiotische Sachen behauptet. Verstehst du?“

Theresa umarmt mich und gibt mir einen dicken Kuss auf die Wange: „Fanny! Du bist so schlau! Echt! Ich wünschte, ich könnte immer so gelassen bleiben wie du!“

Aha. Theresa findet mich also gelassen! Das habe ich jetzt auch noch nie über mich gehört. Aber ich muss sagen, es freut mich! Und gerade als ich denke, es hat sich gelohnt, zweihundertfünfzig Jahre in der Zeit zurückzureisen, ruft Wolfgang Amadeus: „Ich glaube, ich habe was!“

11. DER GANZE RAUM IST VOLLER MUSIK.

Ich renne sofort zu Wolfgang Amadeus hin. Und obwohl es nur ungefähr zehn Meter sind, die ich zu ihm zurücklegen muss, kommt mir dieser Weg kilometerlang vor. Ich habe das Gefühl, ich bewege mich kaum vorwärts. Alles ist verlangsamt. So, als wären meine Beine aus Beton und als würde ich Blättchen für Blättchen in Zeitlupe hinter mir lassen. Und während dieser paar Augenblicke erfasst mich eine nie gekannte Aufregung. Es ist, als würde mir alles auf einmal bewusst. Der wunderschöne Park um mich herum. Die Würfelbäume, die lange Allee hinunter zum Wald, die kunstvollen Blumenrabatten, die Wasserspiele, die große Fontaine und über uns der blaue Himmel. Theresas schwarzes Haar flattert im Wind. Wolfi, der mir aufgeregt zuwinkt. All das werde ich gleich für immer verlassen. Mit einem einzigen, entschlossenen Sprung in den Zeittunnel in der Hecke.

Ich habe Angst, dass mich der Zeittunnel nicht im richtigen Jahrhundert ausspuckt. Was wird mich auf der anderen Seite erwarten? Meine Klasse? Mein Zuhause? Ob es so sein wird wie immer? Ob meine Familie noch da ist? Oder ob in der Zwischenzeit irgendetwas mit ihnen passiert ist?

Gleichzeitig bin ich betrübt, dass ich Theresa und diesen Ort verlassen muss. Ich frage mich, ob ich meinen Ausflug in die Rokokozeit voll ausgekostet habe, oder ob ich noch ein paar mehr Erfahrungen hätte sammeln sollen? Ich hätte mir das ganze Schloss ansehen, einmal mit der Kutsche fahren können. Ich hätte mir die Umgebung außerhalb des Schlosses ansehen sollen, zu den Bettelkindern gehen und ihnen noch mehr Brot und Käse bringen. Ich hätte dafür sorgen müssen, dass sich alle ab jetzt die Hände waschen. Bevor ich verschwinde, müsste ich Poldi Lebewohl sagen, der Königin, den Möpsen … Und während mir all das durch den Kopf schießt, kommt zum Glück Poldi zu uns über den Rasen gelaufen, gefolgt von mindestens fünf grauen Möpsen, die auf ihren kurzen Beinchen hinter ihm herhecheln, während ihnen die kleinen rosa Zungen aus dem Maul hängen. Wenigstens kann ich ihnen noch Tschüss sagen, bevor ich die Heimreise antrete! Wie schön!

Poldi ruft: „Theresa! Du sollst zu *Maman* kommen! *Tout de suite*!“

In dem Moment bleibe ich vor Wolfgang Amadeus stehen, sehe ihm direkt in seine hellblauen Augen. „Wo hast du was entdeckt?“

„Hier!“ Mit dem Finger zeigt er stolz auf ein Loch in der Hecke. „Da ist der Zeittunnel! Wollen wir gleich durch? Oder musst du erst noch zu deiner *Maman*, Theresa?“ Er sieht sie mit leicht spöttischem Gesichtsausdruck an. So, als würde er sagen wollen: So mächtig bist du gar nicht, Theresa! Wenn die Königin ruft, musst auch du gehorchen!

Aber Theresa zuckt nur mit den Schultern. „Nein, ich kann hierbleiben."

Doch Poldi, der inzwischen bei uns angekommen ist, keucht: „Theresa! *Maman* sagt, du sollst sofort reinkommen und dir etwas anziehen! Die Sonne wird sonst deine Haut bräunen!"

„Ist mir doch egal", sagt sie und verschränkt bockig die Arme vor der Brust.

Doch Poldi lässt nicht locker und die Möpse schniefen und wieseln um unsere Beine. „*Maman* sagt, du sollst auf der Stelle reinkommen und dich gegen die Sonne schützen. Sonst darfst du heute nicht mehr dein Zimmer verlassen und musst zusätzliche Französischübungen machen. *Vite! Vite!*"

Theresa stößt einen kleinen Wutschrei aus und rennt dann quer über den Rasen, hinüber zum Schloss. Nach ein paar Metern dreht sie sich allerdings schon wieder um und ruft: „Fanny! Wehe du verschwindest, bevor wir uns verabschiedet haben!"

Sie meint tatsächlich mich! Und ich rufe: „Niemals!" Denn diesen Wunsch hat bisher noch niemand in meinem Leben geäußert. Zumindest niemand, der nicht zu meiner Familie gehört.

Ich wende mich wieder Wolfgang Amadeus zu, der geduldig abgewartet hat, bis es wieder um unseren Zeittunnel gehen darf. Er bewegt sich näher an die Hecke heran und beugt sich hinunter zu dem Loch in der Hecke, durch das gleich einer der Möpse hüpft. Und dann noch einer. Ganz selbstverständlich. Wolfgang Amadeus und ich verstehen noch gar nicht richtig, was los ist, da ist auch schon Poldi hindurchgewischt und ruft auf der anderen Seite: „Maxime! Theodore! Halt! *Arrêtez! Mon dieu, arrêtez!*“ Und dann sind auch noch die anderen drei Möpse hinterhergesprungen.

„Oh!“, meint Wolfgang Amadeus und richtet sich auf. „Die sehen wir wohl nie wieder!“

Jetzt beuge ich mich hinunter und gucke durch das Loch. Mein Herz klopft heftig. Ist das wirklich der Zeittunnel, durch den ich gestern aus meiner Gegenwart in diese Gegenwart gesprungen kam? Zumindest ist tatsächlich ein Loch in der Hecke. Ich kann zwischen den Blättchen und Ästen hindurchsehen. Dahinter ist aber nicht mein Klassenzimmer, unser Wohnzimmer oder irgendein anderer Ort, der mir bekannt vorkommt. Dahinter ist einfach nur ein schmaler Kiesweg und dann sind da noch mehr akkurat gestutzte Hecken. Sieht aus wie ein Labyrinth, ein Irrgarten. Genau in so einem Teil waren wir auch, als wir uns mit meiner Oma in Süddeutschland das Barockschloss angesehen haben! Ich vermute, hier hat mal jemand nicht mehr den Ausgang aus dem Irrgarten gefunden und sich einfach durch die Hecke befreit! Ich richte mich wieder auf. Mein Herz klopft noch heftiger als eben. Aber nicht mehr vor Aufregung, sondern vor Verzweiflung. Ich seufze: „Das ist kein Zeittunnel, das ist einfach nur ein Loch in der Hecke.“

Wolfgang Amadeus faltet die Hände auf seinem Rücken und spaziert vor mir auf und ab. „Es ist, was es ist.“

„Was soll das denn heißen!“, rufe ich.

„Das heißt, dass Sie mit Ihrer Wahrnehmung bestimmen

können, was immer Sie wahrnehmen wollen. Wenn ich mich auf Musik in meinem Kopf konzentriere und sie notiere, ist sie existent. War sie vorher da? Nein! Ich habe sie erschaffen! Und Sie können im Geiste einen Zeittunnel erschaffen, wenn Sie das wünschen!"

„Das ist ja wohl totaler Käse!" Ich bin richtig geladen! Ich habe jetzt keine Lust auf solche Spielchen!

„Ach ja? Das ist Käse?! Kennen Sie zufällig mein neuestes Singspiel ›Bastien und Bastienne‹, das ich Anfang diesen Jahres fertiggestellt habe?"

Ich atme gestresst aus. „Ja, kenne ich!" Hatten wir zufällig gerade erst im Musikunterricht.

„Wunderbar! Nun sagen Sie mir doch, woher das Stück kommt?" Wolfgang Amadeus bleibt vor mir stehen und sieht mich mit hochgezogenen Augenbrauen an. „Nun, *Mademoiselle?*"

„Von dir?"

„Exakt!" Unser Wunderknabe lächelt gnädig. „Es kommt von mir."

„Ja und?" Ich werde langsam nervös, weil sich gerade mein Traum vom Zeittunnel vollends zerschlagen hat. Hingegen dreht dieser fröhliche Junge im hellgrünen Seidengewand richtig auf. Vor Begeisterung hat er ganz rote Wangen. Er schreitet wieder im Schatten der geschnittenen Bäume auf und ab.

„Und? Habe ich das Stück irgendwo erworben? Oder aber habe ich es selbst hervorgebracht?"

„Du hast es selbst hervorgebracht!" Ich stelle mich auch in den Schatten, weil die Sonne langsam richtig heiß herunterbrennt und ich eher zu den hellhäutigen Typen gehöre, die schnell mal einen Sonnenbrand kriegen.

„Exakt! Das bedeutet also, wir Menschen sind fähig, mit der Kraft unseres Geistes Dinge zu erschaffen."

„Meinetwegen. Dann erschaffe mir mal bitte einen Zeittunnel!"

„Das kann ich nicht." Er lächelt huldvoll.

„Und warum behauptest du es dann?"

„Ich dachte, wir führen eine angeregte Unterhaltung über Fantasie und Wirklichkeit." Der Junge wird immer fröhlicher! Ich fasse es nicht. Er fuchtelt mit seiner Hand in der Luft herum, als würde er mir einen Vortrag über Zauberei halten. „Wir fabulieren über die Grenzenlosigkeit unserer Möglichkeiten. Über Illusion und Spielerei. Wenn ich nicht selbst davon ausgehen würde, dass alles möglich ist, wie könnte ich da komponieren? Ich würde mich ja ständig selbst behindern."

„Aber es ist nun mal nicht alles möglich!" Jetzt heule ich fast. „Ich will einfach nur nach Hause! Ins Jahr 2018 und dafür brauche ich einen bekloppten Zeittunnel oder was auch immer! Aber den gibt es nicht! Egal, wie sehr ich ihn mir in meinem Kopf vorstelle! Oder siehst du hier irgendwo einen?"

Wolfgang Amadeus hört mit seinem blöden Herumgeschreite auf und ist für einen Moment still. Er lässt seinen Arm sinken und sieht mich nur an. Von oben bis unten. Ich schätze, er prüft, ob er mich für irre halten soll, oder ob ich die Wahrheit sage. Und ich gucke ihn an. Und zwar durchdringend. Damit klar ist, dass mir diese Sache sehr ernst ist. Und dass das hier kein Spiel mehr ist! Aus dem Augenwinkel beobachte ich, wie weiter hinten die königlichen Gäste nach und nach in der Vormittagssonne die Schlosstreppe herunterkommen, in ihre vorgefahrenen Kutschen steigen und eine nach der anderen die Allee entlangrollt, Richtung Wald.

Ich weiß nicht, wie lange wir so stehen. Jedenfalls legt mir Wolfgang Amadeus schließlich seine Hand auf die Schulter und führt mich zu der mit Rosen umrankten Laube, in der ich vorhin schon mit Theresa gesessen habe. Mein Magen knurrt ganz leise, weil ich noch nicht gefrühstückt habe. Das ist mir aber auch schon egal. Alles ist mir egal. Ich brauche eine Antwort. Hilfe. Vielleicht kann mir dieser Wunderknabe helfen, wenn er schon so ein Physikgenie ist! Wolfgang Amadeus und ich setzen uns auf die weiße Bank. Er nimmt meine Hand in seine Hände und sieht mich ernst an.

„Noch mal von vorne. Sie sind wirklich aus der Zukunft in unser Jahr 1768 gereist? Es ist kein Witz?"

„Ja", flüstere ich heiser. „Kein Witz! Wirklich!"

„Dann ist doch alles möglich! Wenn Sie herreisen konnten, können Sie auch zurückreisen. Als leidenschaftlicher Mathematiker und Physiker nehme ich natürlich an, dass solch ein Zeittunnel zu materialisieren wäre. Dieser Vorgang würde mich durchaus hochgradig interessieren. Tatsächlich müsste ich nur eine Formel finden, die das Raum- und Zeitkontinuum aufhebt und …"

Ich springe auf und sage: „Ja! Könntest du diese Formel bitte sofort für mich finden?"

Wolfgang Amadeus hält meine Hand fest und lacht: „Theoretisch, Teuerste! Das ist erst einmal rein theoretisch! Aber wenn Sie mögen, werde ich mich auf der Kutschfahrt zurück nach Salzburg damit eingehend befassen und es Sie sofort wissen lassen, wenn ich auf eine Lösung gekommen bin."

„Danke!", sage ich und denke, dass so eine Zeittunnelberechnung vermutlich eine Ewigkeit dauern wird.

„Sehr gern." Wolfgang Amadeus räuspert sich. Als würde er selbst nicht so recht daran glauben, dass das gelingen wird. „Bevor ich mich gleich auf den Weg mache, habe ich aber auch noch ein paar Fragen an Sie."

„Ja und welche?"

„Kennen Sie tatsächlich mein Singspiel ›Bastien und Bastienne‹? Oder haben Sie das eben nur so gesagt?"

„Nein, es stimmt! Ich kenne es. Wir haben es wirklich gerade im Unterricht gehört und besprochen."

„Und wie hat es euch Schülern gefallen?" Dieser zwölfjährige Junge sieht mich neugierig an. „Wart ihr überrascht? Überwältigt? Tief bewegt?"

„Ähm." Ich lächle leicht angespannt. Ich kann Wolfgang Amadeus ja jetzt schlecht sagen, dass mindestens die Hälfte meiner Klasse total abgenervt war, dass wir klassische Musik hören mussten, und dass eigentlich alle eher auf Beyoncé stehen. Also sage ich: „Wir Schüler hören deine Musik lieber zu Hause als in der Schule. Weil sie irgendwie so privat ist …"

„Privat?" Er bekommt ganz begeisterte Augen. „Was meinen Sie damit? Dass sie so gefühlsgeladen ist?"

„Na ja." Ich weiß nicht, wie ich das ausdrücken soll. „Den meisten Leuten in meinem Alter ist es peinlich, in der Öffentlichkeit deine Musik zu hören. Weil …"

„Ja?“ Er sitzt vor lauter Aufregung fast auf meinem Schoß. „Warum? Ist ihnen meine Musik zu heftig? Zu aufwühlend? Zu intensiv?“

Ich nicke. „Ja! Genau! Zu intensiv! Darum bist du auch in zweihundertfünfzig Jahren so ziemlich der berühmteste Mensch auf der ganzen Welt. Weil deine Musik so intensiv ist.“

Wolfgang Amadeus nickt zufrieden. „Und werde ich alt?“

In meinem Kopf rauscht es. All diese Fragen! Ich versuche, breit zu grinsen. Damit er die Wahrheit nicht an meinem Gesicht ablesen kann. Eins ist sicher: Ich werde niemals professionelle Wahrsagerin. Das ist ja ein ganz schwieriger Beruf! Ich will niemandem seine Zukunft vorhersagen! Schon gar nicht diesem Wolfgang Amadeus. Ich meine, in seinem Fall sind die Nachrichten einfach nicht die besten!

Er sieht mich angespannt an. „Was denn? Ist es was Schlimmes?“

Ich lächle weiter so blöde herum. „Nein! Nichts, nichts. Ich habe nur überlegt, wie ich es dir am besten sage …“

„Was denn?“ Jetzt springt Wolfgang Amadeus auf und läuft in der winzigen Laube hin und her, sodass die Absätze seiner Schnallenschuhe klackern. „Sprechen Sie! Halten Sie nichts zurück!“

„Also, ich wollte nur sagen, dass es besser wäre, wenn du ab und an ein bisschen auf dein Geld achtest und …“

„Auf mein Geld? Ich achte auf mein Geld!“

„Ich meine, später. Wenn du erwachsen bist. Mit meiner großen Schwester Eleonore habe ich gerade eine Schularbeit über dich geschrieben und da hat mir meine Schwester gesagt, dass du sehr viel Geld für Möbel, exquisite Kleider, Kutschfahrten, Notenpapier, Briefpapier, Instrumente und Wohnungen ausgegeben hast …"

„Alles notwendige Dinge!" Wolfgang Amadeus setzt sich wieder.

Und ich sage: „Ja, und leider auch für Bier und Wein. Du hast also ziemlich viel, na, du weißt schon … Party gemacht …"

Wolfgang Amadeus nickt. „Verstehe." Er faltet die Hände im Schoß und sagt noch einmal: „Verstehe." Dann, nachdem es ziemlich still zwischen uns ist und ich nicht so richtig sicher bin, ob ich ihm das jetzt hätte sagen dürfen, strahlt er mich plötzlich an und meint: „Was soll's? Wenn das Geld aus ist, komponiere ich eben wieder etwas und bekomme neues Geld. Kein Problem. Ich höre Töne in meinem Kopf, da ist überall Musik. Sie hört niemals auf. Sie ist unerschöpflich …"

Mir scheint, dieser Wolfgang Amadeus ist ebenfalls ganz leicht uneinsichtig. Genau wie Theresa. Die beiden haben irgendwie ein unumstößliches Selbstvertrauen. Im Gegensatz zu mir. In meinem Kopf ist schließlich auch keine Musik und eine Prinzessin bin ich auch nicht. Aber natürlich hätte ich auch gerne ein bisschen mehr Selbstvertrauen – nur für den Fall, dass ich doch noch in meine Gegenwart zurückkehre und im Klassenraum wieder neben Lucy sitze. Wie kriegt man dieses unumstößliche Selbstvertrauen, wenn man keine Prinzessin und auch kein Wunderkind ist und sogar zu blöd ist, fehlerfrei ein Klavierstück zu spielen? Ich frage: „Kannst du mir vielleicht auch noch schnell einen Gefallen tun, bevor du wieder abreist?“

„Aber sicher! *Naturellement*! Was denn?“

„Ich übe gerade deinen Türkischen Marsch und ich …“

„Meinen türkischen Marsch? Kenne ich nicht. Habe ich den komponiert? Wann denn?“

Ich nicke. „Keine Ahnung? Vielleicht in ein paar Jahren? Jedenfalls kriege ich den einfach nicht hin. Kannst du mir zeigen, wie das Stück geht? Nur für den Fall, dass ich wieder in meine Zeit zurückkomme ….“

Wolfgang Amadeus kratzt sich an seiner gepuderten Perücke. „Eine interessante Frage! *Mademoiselle* können von mir ein Stück spielen, das ich noch gar nicht komponiert habe! Und gleichzeitig behauptet sie, dass auf dieser Welt nicht alles möglich ist?! *Mademoiselle* amüsieren mich!“

Ich lächle leicht verlegen. „Gern geschehen.“

Wolfgang Amadeus klopft auf mein Knie. „Lassen Sie uns augenblicklich ins Schloss gehen und spielen.“

Der Wunderknabe hüpft in seinen weißen Strümpfen und hellgrünem Seidenmantel mit den goldgestickten Verzierungen aus der Laube und eilt im Schatten der Bäume hinüber zum Schloss. Ich komme kaum hinterher. Weit hinten sehe ich Poldi mit den Möpsen bei den Wasserspielen herumtollen und Stöckchen werfen. Poldi und die Möpse sind also nicht für immer und ewig vom Labyrinth verschluckt worden. Mozart und ich laufen die Stufen zum Schloss hinauf, ich barfuß, er in seinen Schnallenschuhen, und dann weiter in den Musiksaal, wo vom gestrigen Fest noch ein paar silberne Tabletts mit Gebäckstücken herumstehen.

Wolfgang Amadeus schließt die große Flügeltür hinter sich und ich frage: „Dürfen wir hier einfach rein?"

„Solange uns niemand hinauswirft!" Im Vorbeigehen nimmt er sich eine Pastete, beißt hinein und setzt sich an den Flügel. Er klopft neben sich auf das Sitzpolster. Er kaut. „Nehmen Sie Platz, *Mademoiselle*, und spielen Sie."

„Ohne Noten?" Oh, da muss ich mich aber konzentrieren. Wie fing das Stück noch mal an? Puh! Ich gucke Wolfgang Amadeus ratlos an. „Ich glaube, ich kann das nicht ohne …"

„Taratata!" Er grinst und schluckt den Pastetenbissen herunter. „Schließen Sie einfach die Augen …"

„Und dann?"

„Horchen! Horchen Sie ganz genau! Auf jeden noch so weit entfernten, leisen, zarten Ton. Vertrauen Sie mir. Er ist in Ihrem Kopf …"

Ich schließe die Augen, auch, wenn ich sicher bin, dass da nichts kommen wird. Es ist ganz leise um uns herum. Bis auf unser Atmen. Und der zarte Duft von Mozarts Pastete. Ich lasse mich immer mehr in mich hineinsinken. In diesen Raum in mir, der so endlos ist wie das gesamte Universum. Endlos und freundlich. Und ganz plötzlich höre ich Töne. Zuerst von ganz weit weg. Dann immer deutlicher und deutlicher. Ich lege meine Hände auf die Tasten. Ich fühle sie kühl und glatt unter meinen Fingern. Ich höre die Musik, obwohl Mozart dieses Stück überhaupt nicht kennt, noch gar nicht komponiert hat. Ich habe es in meinem Kopf und er kann es nur kennenlernen, wenn ich es ihm vorspiele. Sein Stück. Seinen türkischen Marsch, der in dieser Zeit – siebzehnhundertachtundsechzig – nur in meinem Kopf existiert. Nirgendwo anders. Nicht in Mozarts Kopf. Auf keinem Notenblatt. Es ist noch nie gespielt worden. Ist das nicht total verrückt?!

Da muss man sich generell mal fragen: Wie viele Dinge existieren erst einmal nur in unserer Gedanken, in unserer Fantasie und wie viele davon lassen wir tatsächlich Wirklichkeit werden? Und vor allen Dingen: Welche davon? Die guten oder die bösen? Lucy lässt am liebsten hässliche Dinge Wirklichkeit werden. Ich lasse irgendwie kaum etwas Wirklichkeit werden! Hingegen lässt Mozart all seine Töne Wirklichkeit werden. Er schenkt uns all die schöne Musik, weil er sich die Mühe macht, all die Noten für uns aufzuschreiben.

Der Architekt, der sich dieses Schloss ausgedacht hat, diesen prunkvollen Musikraum, mit all den Kronleuchtern, goldgerahmten Spiegeln und Palmen, hat seine Fantasie Wirklichkeit werden lassen! Papa lässt seine Fantasie durch seine Bilder Wirklichkeit werden! Ich habe zumindest Wirklichkeit werden lassen, dass wir den Bettelkindern etwas zu essen bringen! Das ist doch schon mal was! Das heißt, man kann sich entscheiden, ob man etwas Schönes, Eigenartiges oder – in Lucys Fall – sogar etwas Hässliches Wirklichkeit werden lässt.

Ich drücke die erste Taste. Ganz zaghaft. Es ist der richtige Ton. Dann die nächste Taste. Und dann mit der zweiten Hand. Die Musik wird in meinem Kopf immer hörbarer. Jetzt ist die Melodie da. Meine Finger tanzen zögernd über die Tasten. Dadada-dadada. Für den Jungen neben mir hörbar. Meine Finger spielen immer leichter. Da ist die Melodie. Diese Fröhlichkeit. Auf immer und ewig nicht mehr rückholbar. Sie erfüllt den ganzen Raum. Jetzt hat Wolfgang Amadeus sie! Seine Komposition! Ta-ta-ta-taaa! Meine Finger hüpfen immer mutiger. Mutiger und mutiger. Als wüssten sie plötzlich, welche Tasten sie treffen müssen. Ganz leicht, ganz spielerisch. Gar nicht mehr so, als seien sie dafür zu ungeschickt. Es wird immer mehr Musik. Wunderschöne Musik. Der ganze Raum ist voller Musik. Und Wolfgang Amadeus ist ganz still.

12. WANN SEHEN WIR UNS WIEDER?

Wir sitzen ganz still. Wolfi und ich. Auf der Klavierbank. Dicht nebeneinander. Der letzte Ton ist verklungen. Ich nehme meine Hände von den Tasten. Der Junge mit der weißen Perücke, dem blassen Gesicht mit den geröteten Wangen, sieht mich von der Seite an. Erstaunt. Sprachlos. Überwältigt. Und dann legt er seine Hände auf die Tasten und spielt den Türkischen Marsch noch einmal – zugegeben viel virtuoser als ich. Noch leichter, noch schwungvoller, noch lieblicher. Ich beobachte seine Finger, die so entschlossen die Tasten drücken, kurz wird er langsamer, um dann noch einmal richtig Schwung zu holen. Er spielt das ganze Stück durch, bis auch sein letzter Ton verklungen ist. Er legt seine Hände zurück in seinen hellgrünen Seidenschoß und sagt: „Sie können doch das Stück spielen! Ich muss Ihnen gar nichts mehr beibringen! Sie haben längst alles verstanden. Sie müssen einfach nur die Melodie in sich hören, sie fühlen und dann legen Sie los, sodass Sie selbst zur Musik werden …"

„Aha." Ich gucke Wolfi fragend an. „Wie meinst du das?"

„Na, dass Sie sich in der Musik auflösen. So, als gäbe es Sie nicht mehr. Nur noch die Musik. Dass es egal ist, wer Sie sind, wie es Ihnen geht, welche Angst Sie haben, wer Sie nicht mag oder schlecht über Sie spricht. Sie werden zur Musik. Zur wunderschönen Musik. Und niemand kann der Musik etwas anhaben, verstehen Sie? Sie ist überall. Sie ist da und trotzdem nicht greifbar."

Ich nicke. Auch wenn ich nicht so richtig weiß, wie ich mich in der Musik auflösen soll. Das geht ja gar nicht. Ich habe doch einen Körper! Aber trotzdem ahne ich, was er meint. Dass die Musik einen so fröhlich macht, dass alles andere irgendwie nicht mehr so wichtig ist. Dass Musik Glück ist. Und dass jeder dieses Glück in sich trägt. Und dass niemand einem dieses Glück nehmen kann. Weil es immer in einem ist. Unerschöpflich. Überall und ewig. Ich glaube, das meint er damit.

Wolfgang Amadeus klappt den Deckel über die Tasten und steht auf. „*Mademoiselle*, das behalten wir mal besser für uns, dass ich jetzt schon den Türkischen Marsch kenne. Damit meine Lebensgeschichte nicht durcheinanderkommt."

Ich stehe auch auf und folge dem Jungen, der diesen seltsamen Degen am Gürtel trägt, zur offenen Terrassentür. Der hellblaue Seidenvorhang weht schwach in der Vormittagsbrise. Gerade als ich noch ganz in Gedanken bin und meinen Blick raus in den großen Garten hinüber zum Wald schweifen lasse, verbeugt sich Wolfi vor mir und sagt: „Ich danke Ihnen für Ihre Ehrlichkeit, *Mademoiselle*. Ich werde an Ihre Worte denken, sollte ich jemals zu viel Wein trinken und unvernünftig mit meinem Geld umgehen." Er macht so eine schlenkernde Bewegung mit der Hand und springt dann einfach die sonnigen Stufen zum Vorplatz hinunter. Ich sehe, wie seine klapprige, blaue Kutsche hinter dem Schloss hervorkommt. Die Pferde schnaufen in der Mittagshitze. Der Staub wirbelt auf. Wolfi läuft hinüber und weit hinten weht der Wald unter dem strahlend blauen Himmel.

Ich rufe: „Und vergiss nicht, nach der Formel zu suchen, die mich wieder nach Hause bringt!"

„Ich vergesse es nicht!", ruft er und steigt in die knarrende Kutsche, auf deren Dach die Koffer festgezurrt sind und in der schon sein Vater sitzt und mir kurz zunickt. Bevor Wolfi die Tür hinter sich zuzieht, ruft er: „Und vergessen Sie nicht, *Mademoiselle* Theresa auszurichten, dass sie ein wunderschönes Erlebnis ist! Eine traumhafte Melodie."

„Das mache ich!", verspreche ich. „Das mache ich!"

Dann schwingt der Kutscher auf dem Kutschbock seine Peitsche und Wolfgang Amadeus und sein Vater verschwinden die schattige lange Allee hinunter Richtung Waldrand.

Poldi kommt mit den Möpsen die Stufen zu mir heraufgesprungen. Die Möpse keuchen und schniefen und Poldi hat schon einen leichten Sonnenbrand auf der Stirn. „Da fährt er dahin. In seiner Kutsche. Nicht gerade beneidenswert."

„Wieso?" Ich halte die Hand als Schirm über die Augen, weil die Sonne jetzt steil von oben herunterbrennt.

„Bist du schon mal über Stunden und Tage in so einer Kutsche gefahren?" Poldi hält sich auch die Hand über die Augen, die Möpse verdrücken sich in den Schatten.

Ich schüttle den Kopf. „Nee."

„Das tut richtig am Hintern weh! Das holpert da drinnen,

als würdest du in einer Kiste sitzen, die kräftig herumgeschüttelt wird. In unseren Kutschen haben wir seidene Kissen und Polster, aber das Gefährt von Amadeus ist überhaupt nicht gepolstert."

„Der Arme!"

„In dem Ding kann er froh sein, wenn er heil an seinem Ziel ankommt. Als er uns letztes Mal mit seiner ganzen Familie besucht hat, hatten sie auf der Hinfahrt einen Radbruch und sind alle im Graben gelandet. Um überhaupt weiterfahren zu können, haben sie sich bei einem Bauern ein altes Mühlrad ausgeliehen."

„Wirklich?" Ich gucke Poldi begeistert an. Auch das ist ein Erlebnis. Ein wildes Erlebnis. Ein gefährliches Erlebnis. Bestimmt ist daraus in Wolfis Kopf gleich ein Musikstück geworden, das ich vielleicht irgendwann mal im Klavierunterricht spielen werde. Denn eins ist mir jetzt klar geworden. Ich will weiter Unterricht nehmen, auch wenn Ella meint, es ist rausgeschmissenes Geld. War es ja bisher auch. Aber jetzt brenne ich darauf, meinem Lehrer zu zeigen, dass ich den Türkischen Marsch spielen kann. Ich will mich durch dieses Stück daran erinnern, dass ich mein Glück Wirklichkeit werden lassen kann.

„Wo ist er?" Theresa kommt in einem zartrosa Seidenkleid und weißer Perücke aus der benachbarten Terrassentür gerannt. Ihre Schnallenschuhe klackern. „Sucht der Kohlkopf noch immer nach dem Zeittunnel!"

Poldi und ich sagen nichts.

Theresa bleibt atemlos vor uns stehen. „*Mon Dieu*! Habt ihr das Sprechen verlernt? Wo ist er?"

Poldi und ich sagen immer noch nichts. Wahrscheinlich, weil wir gegenseitig abwarten, wer Theresa die niederschmetternde Wahrheit übermittelt. Wir gucken sie nur leicht erstarrt an.

Augenblicklich stampft Theresa mit ihrem Schnallenschuh auf den Boden, sodass es knallt. „Kann mir mal jemand gefälligst eine Antwort geben? Ist der Kohlkopf schon weg?"

Ich sage mutig: „Ja."

Theresas Mund geht auf. Dann wieder zu.

Und Poldi fasst tatsächlich nach der Hand seiner großen Schwester, um sie zu trösten. Total niedlich. „Gerade eben, *ma chérie*."

Theresa flüstert vollkommen fassungslos: „Ohne sich von mir zu verabschieden?" Ihre Augen füllen sich mit Tränen. „Ohne Lebewohl?"

Und ich sage schnell: „Aber wir sollen dir ausrichten, dass du ein wunderschönes Erlebnis bist."

„Ein wunderschönes Erlebnis?" Theresa sieht Poldi und mich verständnislos an. „Was soll das denn heißen?"

Ich räuspere mich. „Ich glaube, damit wollte er sagen, dass du seine traumhafte Melodie bist. Seine Komposition. Sein Glück."

„Aha." Theresa nickt langsam. „Aha." Dann lächelt sie. Und zwar richtig breit. Und glücklich. „Aha. Seine Komposition. Sein Glück. Seine traumhafte Melodie. Dann hoffe ich mal, dass ich zu einer wunderbaren Opern-Arie werde." Sie dreht sich um, klappt ihren kleinen rosafarbenen Sonnenschirm auf und schreitet langsam die Stufen hinunter zum Vorplatz. Poldi und ich sehen ihr nach. Von weit hinten hören wir die Bettelkinder rufen und die Möpse keuchen und hecheln im Schatten der herumstehenden Topfpalmen, wo sie sich erschöpft hingelegt haben.

Schließlich meint Poldi: „Ich glaube, ich hole mal ein bisschen Wasser für die Möpse und bringe den Kindern am Tor die restlichen Pasteten.“ Damit verschwindet er im Schloss und ich laufe hinter Theresa her, die drüben an der Hecke gerade ihre goldene Kugel aufhebt und sie in die Luft wirft und wieder fängt.

Ich rufe: „Theresa! Wollen wir Ball spielen?“ Obwohl ich sogar im Sportunterricht zu blöd zum Ballfangen bin. Wirklich! In der Schule sind Ballspiele das blanke Grauen für mich. Aber irgendwie will ich alles tun, um meine Freundin aufzumuntern.

Theresa hüpft mir auf dem Rasen entgegen. „Hier, fang!“

Sie wirft die goldene Kugel mit Schmackes, sie kommt direkt auf mich zu, wie ein Geschoss. Wie eine immer schneller werdende Kanonenkugel oder so. Ich strecke die Arme aus. Bereit, die Kugel zu fangen. Sie fliegt durch die blaue Luft. Die goldene Kugel. Ich habe sie genau im Visier. Bestimmt werde ich sie fangen. Na klar, ich werde sie fangen! Was kann daran so schwer sein? Ich kann ja jetzt auch den Türkischen Marsch spielen! Die Kugel saust direkt in meine Hände, denke ich. Und dann saust sie auch schon einen halben Meter an mir vorbei und landet ein Stück hinter mir auf der Wiese. Ich laufe hinterher, hebe sie auf und werfe sie Theresa wieder zu. Sie streckt die Arme aus und fängt die Kugel geschickt, obwohl sie dafür ein Stück zur Seite springen muss. Dann wirft sie die Kugel wieder zurück zu mir. Und wieder landet sie auf dem Rasen, weil ich wieder daneben greife. Theresa lacht. „Spielt man bei euch nicht mehr Ball?“

„Doch!“, rufe ich. „Ich kann es nur nicht.

„Aber das ist doch ganz leicht!“, ruft die Prinzessin und langsam habe ich die Nase voll davon, dass alle Leute ständig sagen, dass alles ganz leicht ist. Wenn alles so leicht wäre – warum kann ich es dann nicht?

„Pass auf!“, ruft Theresa. „Ich zeige es dir.“

Theresa stellt sich dicht vor mich und zeigt mir, wie man wirft. Genau wie Ella mir gezeigt hat, wie man ein Schulreferat schreibt. Wie Wolfgang Amadeus mir gezeigt hat, wie man den Türkischen Marsch spielt. Und dann kommt mir der Gedanke, dass meine Schwester, Theresa und Wolfgang Amadeus einfach keine Angst vor all diesen Dingen haben. Weil sie sich für die Referate, für die Musik, fürs Ballspielen interessieren. Vielleicht ist das das Geheimnis: Dass man Freude an den Dingen hat. Dann fängt man auch die goldene Kugel.

So, wie ich jetzt. Theresa hat recht. So schwer ist es gar nicht, goldene Kugeln zu fangen. Wir werfen sie hin und her. Hin und her. Wir gehen immer weiter auseinander. Wir werfen hin und her. Theresa ruft: „Fanny! Du machst das richtig gut! Viel besser als Poldi!“

Und hinter mir höre ich eine empörte Stimme: „Was hast du Unverschämtes über mich gesagt, *Mademoiselle*? Was kann Fanny besser als ich?“

Ich drehe mich um. Hinter mir kommt Poldi mit seinen Möpsen über die Wiese gelaufen. Barfuß!

Ich rufe: „Theresa hat nur …“ Und dann fliegt mir irgendetwas extrem Hartes von hinten gegen meinen Hinterkopf. Wie ein gewaltiger Schlag. Ich denke noch: „Witzig! Poldi hat tatsächlich den Bettelkindern seine Schuhe vermacht!“

Danach ist alles schwarz.

13. WIE LANGE WAR ICH WEG?

„Fanny?“ Unser Deutschlehrer Herr Wohlfahrt guckt mir direkt ins Gesicht, als ich die Augen aufmache. Er sieht richtig erschrocken aus. „Fanny? Hörst du mich?“

Ich blinzle. Und bin auch erschrocken. Ich sehe den aufgewühlten Blick von Herrn Wohlfahrt und hinter ihm erkenne ich meine Klasse, die sich im Kreis um mich und unseren Deutschlehrer geschart hat. Lucy. Nelly. Und Louis. Alle gucken geschockt auf mich runter. Ich liege auf dem Boden. Zwischen den Tischen und Stühlen. Ich wache gerade aus einer Ohnmacht auf. Von weit her komme ich zurück in meinen Klassenraum. Von sehr weit her. Aus einem längst vergangenen Jahrhundert. Wo es noch Typhus gab. Und Wolfgang Amadeus Mozart ein Kind war. Hinter den Fenstern wehen die Äste der Schulhofbäume und die grünen Blättchen flirren in der Sonne.

Herr Wohlfahrt kniet neben mir und Moritz reicht ihm seinen Adidas-Sportbeutel, damit unser Deutschlehrer mir den unter meinen Kopf legen kann. Was Herr Wohlfahrt auch sofort macht. Er fragt besorgt: „Alles in Ordnung, Fanny? Hast du Schmerzen?“

Ich sage heiser: „Nur ein bisschen Kopfschmerzen." Ich bin einigermaßen verwirrt. Es kommt mir vor, als sei ich tagelang ohnmächtig gewesen. War ich das? Unauffällig taste ich nach meinem Bein. Auf jeden Fall habe ich noch immer Ellas Jeans an. Wie lang ist es denn her, dass ich hier im Klassenraum einen Schlag gegen den Kopf bekommen habe? Ein paar Stunden? Nur ein paar Minuten? Sekunden?

Emma hält mir ihre pinkfarbene Trinkflasche mit so einem gebogenen Strohhalm hin. „Hier, Fanny. Bestimmt ist es gut, wenn du mal ein bisschen was trinkst."

Ich? Seit wann gibt Emma mir freiwillig was von ihrem Trinken ab? Das hat sie noch nie gemacht! Egal, wie durstig ich nach dem Sportunterricht war! Ich gucke sie irritiert an und frage: „Meinst du mich?"

Und Emma meint: „Los, trink. Das ist wichtig!"

Na gut. Ich schlürfe an dem Strohhalm, den mir Emma fürsorglich in den Mund steckt. Und sie hat recht. Es tut gut, etwas zu trinken. „Danke schön."

Emma lächelt. „Sag einfach Bescheid, wenn du noch mehr haben möchtest."

Und Amelie, die mich neulich als Einzige nicht zu ihrer Geburtstagsparty eingeladen hat, kniet sich plötzlich neben meinen Kopf, streicht so ein bisschen über meine Haare und meint so total bewundernd: „Die sind echt schön!"

Redet Amelie von meinen Haaren? Dass die schön sind? Was ist hier eigentlich los? Wieso sind alle auf einmal so freundlich zu mir? Und wie komme ich überhaupt aus dem achtzehnten Jahrhundert zurück in meine Klasse? Durch Theresas goldene Kugel, die sie mir aus Versehen an den Kopf geworfen hat? Ich gucke von einem zum anderen und frage schlapp – zufällig mit Blick auf Lucy: „Was ist denn eigentlich passiert?“

Sie macht den Mund auf, als würde sie mir antworten wollen. Aber dann fangen schon wieder alle an, durcheinanderzureden. Ich kann nicht genau verstehen, was meine Klassenkameraden sagen, nur so viel: „Du warst ohnmächtig!“ Und: „Das sah so krass aus! Fanny ist einfach vom Stuhl gefallen.“ Und: „Plötzlich lag sie da und wir dachten alle, sie ist tot!“ Lucy verzieht komischerweise gar keine Miene. Mit einem Mal wirkt sie irgendwie so, als hätte sie ein schlechtes Gewissen. Hat sie mir etwa gegen den Kopf gehauen?! Herr Wohlfahrt hebt seine Hand und ruft in die Aufregung hinein: „Hallo Freunde! Immer mit der Ruhe! Einer nach dem anderen. Geht mal bitte wieder alle auf eure Plätze.“

Meine Klassenkameraden setzten sich murrend in Bewegung und lassen sich auf ihre Stühle fallen. Amelie streicht mir noch mal über den Kopf und sagt: „Du hast uns echt ganz schön erschreckt, Fanny!“ Dann lächelt sie und setzt sich auch wieder an ihren Tisch, der im rechten Winkel zu meinem steht.

Herr Wohlfahrt reicht mir die Hand und hilft mir, mich aufzusetzen. „Geht es wieder, Fanny?“

„Ich glaub schon. Mir ist nur ziemlich schwindelig.“ Ich taste meinen Hinterkopf ab, um zu sehen, ob ich da blute. Aber ich fühle nur eine ziemlich dicke Beule. Also keine Wundstarrkrampf-Gefahr. Haha!

„Gut. Dann versuch mal vorsichtig aufzustehen.“ Mein

Deutschlehrer stützt mich, damit ich ganz hochkomme. Als ich noch ein bisschen wackelig zwischen den Tischen stehe, fasst mich plötzlich Lucy am Arm und geleitet mich langsam zu meinem Stuhl. Mit ihrer Hilfe setze ich mich wieder hin. Und sie fragt mich tatsächlich: „Möchtest du etwas essen? Ich habe ein Käsebrot dabei."

Ich räuspere mich. „Vielleicht später. Aber danke."

Sie nickt und lächelt irgendwie freundlich. „Gib mir einfach ein Zeichen. Bestimmt ist dein Kreislauf ganz schwach."

Ich habe das Gefühl, mein Kopf platzt gleich. Was ist hier los? Warum ist Lucy auf einmal so nett? Hat sie durch meine Ohnmacht endlich gemerkt, dass sie ununterbrochen gemein zu mir war? Herr Wohlfahrt bleibt dicht bei mir stehen und fragt jetzt direkt Lucy: „Kannst du mir bitte sagen, was hier gerade passiert ist? Ich bin noch nicht mal richtig aus eurem Klassenzimmer, da liegt Fanny schon bewusstlos auf dem Boden. Wie kann das sein?"

Lucy zuckt mit den Schultern und dreht sich Hilfe suchend zu ihrer besten Freundin Nelly um, die jetzt auch mit den Schultern zuckt und stottert: „Ich … wir wissen nicht, was passiert ist. Also …"

Herr Wohlfahrt schüttelt den Kopf. „Ich habe Lucy gefragt, was hier los war. Nicht dich, Nelly."

Nelly macht ein beleidigtes Gesicht und kriegt vor Peinlichkeit ganz rote Wangen. Und mein Deutschlehrer meint noch mal zu Lucy: „Also bitte! Was ist passiert? Ich habe nicht ewig Zeit. Wie ihr wisst, hatte Frau Wohlfahrt bereits vor einer halben Stunde einen Auffahrunfall am Fernsehturm und ich würde sie gerne langsam mal abholen, um zu erfahren, wie es ihr geht. Das kann ich aber erst machen, wenn ich weiß, was hier passiert ist …“

Lucy holt tief Luft und knibbelt an ihren lackierten Fingernägeln. „Ich weiß nicht. Also, Sie sind rausgegangen, wir haben unsere Hefte ausgepackt, um diese Songtexte zu schreiben und plötzlich lag Fanny auf dem Boden.“

„Und aus welchem Grund? Hat sie etwas gegen den Kopf bekommen?“

Lucy zuckt wieder mit den Schultern und guckt nervös im Klassenraum herum. „Kann schon sein. Ich weiß es nicht. Ich habe nicht so darauf geachtet. Vielleicht ein Buch oder so.“

„Dieses hier?“ Herr Wohlfahrt hebt ein dickes Buch auf, das direkt neben meinem Stuhl auf dem Boden liegt und hält es hoch. Es ist mein klobiges Mozartbuch! Das, was Mama mir extra für das Referat gekauft hat und das ich unter meinem Tisch vergessen hatte!

Lucy nickt. „Ich denke schon.“

Herr Wohlfahrt hält das Buch weiter in die Luft und fragt in die Klasse hinein: „Hat das jemand zufällig Fanny an den Kopf geworfen?“

Niemand rührt sich. Alle sind ganz still und gucken sich gegenseitig so ein bisschen unsicher an. Besonders Louis guckt irgendwie unsicher. Ich sehe das, weil er sich mit der Hand so komisch in den Haaren rummacht.

Unser Deutschlehrer ruft minimal ungeduldig: „Also ehrlich, Leute! Irgendjemand muss das Buch doch eben geworfen haben! Es wirft sich ja nicht von alleine!“

Keiner meldet sich. Alle sehen betreten auf ihre aufgeklappten Hefte. Herr Wohlfahrt legt das Buch auf meinen Tisch und klappt es auf. „Na, irgendein Name wird ja schon drinstehen. Dann wissen wir, wer es war.“ Er blättert die erste Seite auf und liest laut: „Fanny Welligerhausen.“ Die Klasse kichert und unser Deutschlehrer meint überrascht: „Fanny! Das ist dein Buch!“ Die Klasse lacht. Aber auch Herr Wohlfahrt muss ein wenig schmunzeln. „Hast du dir das Buch selbst an den Kopf gehauen?“

Ich grinse: „Nicht, dass ich wüsste.“

„Tja. Sehr rätselhaft“, meint unser Deutschlehrer. „Wir werden wohl nicht hinter das Geheimnis kommen, wer dir das Buch an den Kopf geworfen hat. Es sei denn, es meldet sich doch noch jemand freiwillig.“ Er lässt seinen Blick prüfend durch die Klasse schweifen. „Was ich wirklich anständig finden würde.“ Dann guckt er mich wieder an und meint: „In jedem Fall bin ich froh, dass du wieder wach bist.“

Ich frage: „Wie lang war ich denn ohnmächtig?“

Herr Wohlfahrt wiegt den Kopf und meint schließlich: „Zwanzig Sekunden werden es bestimmt gewesen sein. Oder?“

Moritz schüttelt den Kopf: „Nee! Ich habe die Zeit gestoppt. Das waren bestimmt fünfundzwanzig Sekunden. Das ist ganz schön lang! Schon fast ein Koma, würde ich sagen!“

„Na, na, na“, meint unser Lehrer. „Nun übertreib mal nicht!“

Aber Moritz meint: „Doch! Ich kenn mich damit aus! Meine kleine Schwester wird auch öfter mal ohnmächtig. Einfach so. Aber bei der dauert das höchstens zehn Sekunden. Fünfundzwanzig Sekunden ist richtig lang!“

„Okay." Herr Wohlfahrt klatscht in die Hände. „Umso glücklicher sind wir, dass Fanny wieder auf den Beinen ist." Und zu mir meint er: „Besser, deine Eltern holen dich ab und du legst dich zu Hause noch ein wenig hin und schaust mal, wie es dir heute Nachmittag geht. Nicht, dass du eine Gehirnerschütterung hast."

Und ich sage: „Sie meinen eine *Commotio cerebri*? Ich glaube, die habe ich nicht."

Und jetzt ist mein Deutschlehrer echt platt. „Woher kennst du denn diesen lateinischen Begriff?"

Ich grinse noch ein bisschen breiter: „Von meiner Mozart-Recherche fürs Musikreferat."

Herr Wohlfahrt legt mir die Hand auf die Schulter und sagt stolz in die Runde: „Das ist mal eine Musterschülerin! Taucht für ein Referat richtig in die Musik-Geschichte ein! Das erzähle ich meiner Frau, wenn ich sie gleich abhole. Vorher rufe ich aber noch deine Eltern an."

Und schon tobt die ganze Klasse wieder. Sie lachen und rufen: „Haha! Herr Wohlfahrt! Sie haben eben ›meine Frau‹ gesagt!"

„Tja!" Herr Wohlfahrt seufzt und muss auch lachen. Dann wisst Ihr ja endlich, dass ich mit Eurer Musiklehrerin verheiratet bin."

Es klingelt zur kleinen Pause und als Lucy gerade an unserem Deutschlehrer vorbei aus dem Raum huschen will, hält er sie fest: „Moment, liebe Lucy! Bring Fanny bitte die Treppen runter zum Haupteingang und pass auf sie auf, bis ihre Eltern da sind, um sie abzuholen. Nicht, dass sie uns noch mal umkippt."

Lucy nickt stumm. Gerade als ich schon sagen will, dass das nicht nötig ist, nimmt sie mir meinen Rucksack ab und fasst mich fürsorglich am Arm. „Klar, mache ich."

Ihre Stimme klingt zittrig. Ihre Hand ist ganz kalt. Es ist komisch, so dicht neben Lucy zu gehen. Ich weiß gar nicht, was ich sagen soll. Wir verlassen hinter Herrn Wohlfahrt das Klassenzimmer, während unsere restliche Klasse an ihren Tischen zurückbleibt und auf die nächste Unterrichtsstunde wartet. Lucy hält mich die ganze Zeit fest, damit ich ja nicht hinfalle. Wir gehen schweigend den Flur runter. An den ganzen Klassenräumen vorbei, vor deren Türen ein paar Schüler zusammenstehen. Sie lachen und rufen und schubsen sich ein bisschen hin und her. Eben kleine Pause. Dann gehen wir die Treppe runter und Lucy meint: „Halt dich bloß am Geländer fest, nicht, dass du noch das Gleichgewicht verlierst."

Ich mache es und so steigen wir langsam die Stufen runter. Wir gehen raus vor die Schule auf den leeren sonnigen Vorplatz und Lucy fragt: „Wollen wir uns da drüben auf die Bank setzen?"

Ich nicke, wobei mein Kopf ziemlich brummt. „Wenn du willst, kannst du aber auch schon wieder reingehen. Mein Vater kommt bestimmt gleich." Ich will Lucy ja nicht dazu zwingen, mit mir hier rumzusitzen, während sie garantiert lieber mit Nelly die kleine Pause nutzen will, um sich mit ihr über meine Ohnmacht lustig zu machen. Aber sie schüttelt den Kopf. „Nee, ich passe lieber auf."

Wir sitzen zusammen in der Sonne, die Baumkronen rauschen sacht über uns und Lucy holt so eine kleine Packung mit orangenen Tic-Tacs aus ihrer Hosentasche. Sie schüttet mir ein Häufchen davon in die Hand, so, wie sie das sonst immer bei Nelly macht. „Hier."

„Danke." Wir essen beide ihre ganzen Tic-Tacs auf und gucken dabei in die Baumkronen, in denen sich das Sonnenlicht bricht. Ab und zu schütteln wir uns, weil zehn Tic-Tacs auf einmal ganz schön sauer sind. Dabei müssen wir immer so ein bisschen lachen. Als Lucy die leere Packung von ihrem Platz aus in den Mülleimer neben der Bank geworfen hat, sieht sie mich von der Seite an und meint ganz plötzlich: „Tut mir leid, Fanny, dass ich die ganze Zeit so blöd zu dir war."

Keine Ahnung, wie ich darauf reagieren soll? Ich bin total überrascht. Soll ich sagen: Macht nichts?! Das würde ja wohl nicht ganz stimmen. Wegen Lucy hatte ich eine richtig harte Zeit! Also gucke ich sie auch nur von der Seite an. Bis sie schließlich meint: „Vorhin dachte ich echt ganz kurz, dass du tot bist. Du warst total weiß im Gesicht. Wie eine Leiche! Irgendwie so unschuldig. Und da dachte ich, dass du mir ja eigentlich gar nichts tust, also …" Sie zuckt mit den Schultern. „Ich weiß auch nicht. Jedenfalls tut es mir leid. "

Ich nicke. Ich könnte ihr jetzt sagen, dass es für mich richtig schrecklich war, so behandelt zu werden. Aber das scheint Lucy inzwischen selbst klar geworden zu sein. Mit einem Mal setzt sie sich auf und guckt mich unglücklich an. Um ihren Mund zuckt es, bis sie schließlich mit belegter Stimme sagt: „Wenn du willst, kannst du ja jetzt blöd zu mir sein. Dann sind wir quitt."

Ich überlege für einen Moment, ob ich das Angebot annehme. Dann meine ich aber: „Oder wir sind beide nicht blöd zueinander."

Lucy grinst. „Abgemacht."

14. DIE SCHÖNE, BERAUSCHENDE WIRKLICHKEIT

„Du musst doch wissen, wer dir das Buch an den Kopf geschleudert hat!", meint Papa als wir im Auto von der Schule nach Hause fahren. Er wirft mir einen kurzen Blick über die Schulter zu, bevor er an der Ampel blinkt und wir nach rechts abbiegen.

„Woher soll ich das wissen? Es kam von schräg hinten!" Ich hocke auf der Rückbank von unserem alten, blauen Golf. Jetzt fahren wir die Kastanienallee hinauf, in der wir in einem der vielen Altbauten wohnen. Hier gibt's definitiv keine Felder, Wiesen und auch keinen Wald mehr – so wie noch vor zweihundertfünfzig Jahren. Und ich wünschte, diese Kopfschmerzen würden langsam mal etwas schwächer werden. Vielleicht habe ich doch eine *Commotio cerebri*. Kann ja sein. Ich sage zu Papa: „Ich schätze, ich habe eine Gehirnerschütterung. Vermutlich werde ich mindestens zehn Tage zu Hause bleiben müssen."

Papa schaltet wieder den Blinker an. Während er einparkt, guckt er mich über den Rückspiegel an und fragt mit hochgezogenen Augenbrauen: „Passiert so etwas eigentlich öfter in deiner Klasse, dass irgendwelche Leute Bücher an den Kopf kriegen und ohnmächtig werden?"

Ich zucke mit den Schultern. „Nö. Normalerweise nicht. Ich bin die Erste, der das passiert ist. Aber was richtig blöd ist: ich frage mich, wer es war!“

Papa und ich steigen aus. Papa nimmt mich sicherheitshalber an die Hand und wir gehen langsam über die Straße, nachdem die Tram hangabwärts an uns vorbeigerauscht ist. Wir steigen die vier Stockwerke rauf, bis zu unserer Wohnung. Papa stützt mich die ganze Zeit, damit ich ihm ja nicht nochmal umkippe. Er schließt die Tür auf und drinnen in unserer Wohnung ist es ganz still. Nur die Jacken hängen an der Garderobe, unsere Schuhe stehen darunter im Regal. Ella ist noch in der Schule und Mama ist im Kinderladen. Papa hat sein bunt gesprenkeltes Maler-T-Shirt an. Er fährt sich im dämmrigen Flur durch die Haare und das macht er immer, wenn er eigentlich schnell wieder nach oben in sein Dachboden-Atelier möchte, um weiterzumalen. Vielleicht ist es bei ihm wie bei Mozart: Er hat den Kopf ständig voller Bilder, die er Wirklichkeit werden lassen möchte – so wie Wolfgang Amadeus seine Musik, die er immer in seinem Kopf hört.

Weil ich mich sowieso noch ein bisschen aufs Sofa legen will, um noch mal ganz kurz in Gedanken zu Theresa und Poldi zurückzukehren, sage ich zu Papa: „Geh ruhig nach oben. Wenn was ist, schicke ich dir einfach eine *WhatsApp*.“

„Okay.“ Papa lächelt leicht weggetreten. Das kenne ich schon bei ihm. Das passiert, wenn er in Gedanken eigentlich schon wieder den Pinsel in der Hand hält. Mama macht das immer richtig rasend! Sie sagt dann: „Du hörst nie zu!“ Na ja. Er gibt mir einen Kuss auf die Stirn. „Willst du noch etwas essen? Soll ich dir noch schnell ein Käsebrot machen? Hast du heute überhaupt schon etwas gegessen?"

„Nee." Stimmt! Ich habe noch gar nichts gegessen! Fühlt sich an, als hätte ich jahrelang nichts gegessen – bis auf die paar Weintrauben mit Theresa. Scherz! Überhaupt: ich habe das dringende Bedürfnis, mir mal eben die Hände zu waschen. Ich gehe rüber in die Küche und sage: „Ich esse einfach das Schulbrot, das Mama mir heute Morgen gemacht hat. Es ist noch in meinem Rucksack."

Papa holt mir noch schnell meinen Rucksack mit der Brotdose aus dem Flur und stellt ihn neben das Sofa, während ich mir die Hände über dem benutzten Geschirr in der Spüle wasche. Ich bin froh, dass ich wieder zu Hause bin. Auch wenn das hier kein Schloss ist, unsere Spülmaschine kaputt ist und Papa immer noch auf seinen Durchbruch als Künstler hofft. Dafür fühlt sich alles so heimelig an. Ich setze mich mit meinem Schulrucksack aufs Sofa und hole die Brotdose raus. Papa steht schon wieder an der Tür und winkt mir kurz zu. „Bis später, Fanny-Schatz! Meld' dich, wenn was ist. Dann komme ich gleich runter."

Und ich sage: „Danke, Papa! Eine Sache wollte ich dir aber noch kurz sagen …"

„Was denn, Fanny?"

„Hast du mal darüber nachgedacht, etwas zu malen, was man auch erkennen kann?"

„Bitte?" Papa macht große Augen.

„Na ja, so wie im Rokoko. Leute, die picknicken oder Blinde Kuh spielen …"

Papa verschränkt die Arme vor der Brust und er sieht mich immer noch verblüfft an. So, als könnte er nicht glauben, dass ich ihm Vorschläge zu seinen Bildern mache. Schließlich nickt er langsam: „Interessanter Gedanke." Dann lächelt er irritiert und geht.

Als ich das Käsebrot gegessen habe, lassen die Kopfschmerzen zum Glück nach. Zumindest fühlt es sich nicht mehr so an, als würde mein Kopf gleich explodieren. Ich gucke mich in unserem kleinen Wohnzimmer um, wo Papas Bilder in schmalen, selbst gebauten Holzrahmen hängen. Knallbunte Bilder. Ich gebe zu, ich habe sie mir noch nie richtig angesehen. Das hole ich jetzt nach. Und je genauer ich mir die Bilder ansehe, desto lebendiger werden sie. Plötzlich erkenne ich in diesem farbenfrohen Durcheinander Blumen, Schmetterlinge, Blätter und Baumstämme. Ich sehe eine Gruppe von Menschen, die auf einer Wiese sitzen. Machen sie etwa Picknick? Ich entdecke immer mehr Einzelheiten, hinter all dem flirrenden, flatternden Bunt. Es ist, als würde jedes Bild von Papa eine geheime Geschichte erzählen. Ich lehne mich in den Kissen zurück, die Mama irgendwann mal für uns genäht hat. Nicht aus Seide, sondern aus verschiedenen Stoffresten, sodass die Kissen ganz bunt und wild aussehen. Mir fällt auf: Mama und Papa mögen es bunt. Sie lassen Schönes und Fröhliches Wirklichkeit werden. In unserer Wohnung. In unserem Leben. Vielleicht werden sie damit nicht reich. Oder berühmt. Aber sie machen uns ein Zuhause. Auf ihre Art.

Ich sage leise: „Theresa, das würde ich dir gerne alles mal zeigen." Und dann laufen mir plötzlich ein paar Tränen über die Wangen. Weil ich Theresa mit einem Mal vermisse. Weil ich sie wirklich gerne mochte. Ich habe mich bei ihr gar nicht dafür bedankt, dass sie mir einfach eins ihrer schönen Kleider geliehen hat. Es macht mich wirklich richtig traurig, dass ich sie vermutlich nie, nie wiedersehen werde. Eigentlich weiß ich ja nicht mal, wer sie war. Damit die Erinnerung nicht viel zu schnell verblasst, hole ich das dicke Mozartbuch aus meinem Rucksack. Wolfi blickt mir lächelnd vom Umschlag entgegen. Ich lächle zurück und schlage das Buch auf. Ich blättere mich durch die Seiten, bis mir plötzlich ein kleiner gefalteter Zettel in den Schoß fällt. Ich klappe ihn auf. Auf das Kästchenpapier ist etwas mit Füller geschrieben. Nur ein paar Zeilen. Sie sind offenbar an mich adressiert. Denn ganz oben steht: „Liebe Fanny“ … und darunter: „hast Du Lust, mit mir mal ein Eis essen zu gehen? Ich würde mich freuen. Dein Louis.“

Bevor ich mich richtig wundern kann, kracht im Flur schon die Wohnungstür ins Schloss und meine große Schwester steht neben dem Sofa. Sie wirft ihren Rucksack in die Ecke und fragt: „Was machst du denn hier?“

Vor lauter Überraschung will ich schnell den Zettel unter dem Sofakissen verstecken, aber Ella merkt sofort, dass ihr etwas verheimlicht werden soll. Sie sieht mich erstaunt an: „Ich dachte, du hältst heute dein Mozart-Referat?“

„Wollte ich ja auch, aber dann habe ich ein Buch an den Kopf gekriegt und bin ohnmächtig geworden.“

„Was?“ Ella macht große Augen und lässt sich zu mir auf die Armlehne vom Sofa plumpsen. „Was war das denn bitte für ein Riesenbuch, dass du davon ohnmächtig wirst?“

„Dieses hier.“ Ich halte das Mozartbuch hoch.

„Und welcher Hirni hat dir das an den Kopf gehauen?“

Ich zucke mit den Schultern. „Ich weiß es nicht genau. Ich habe nur so eine Ahnung …“

Ella rutscht neben mich aufs Sofapolster. „Und was hast du da gerade versucht, unterm Sofakissen zu verstecken?“

Ich hole den Zettel von Louis wieder unterm Sofakissen hervor und halte ihn meiner großen Schwester hin. Während sie ihn durchliest, sage ich: „Wahrscheinlich war es Louis. Den Zettel hab ich im Buch gefunden.“

„Heißblütiger Typ, was?“, grinst Ella und gibt mir den Zettel zurück. „Der hat ja eine besondere Art, einem Nachrichten zu überbringen …“

Ich grinse auch. „Hätte ich jetzt gar nicht so von ihm gedacht.“

Ella erhebt sich wieder vom Sofa und geht rüber in die Küche: „Auf jeden Fall solltest du dich von ihm zum Eis einladen lassen. Kostet ja nichts. Wenn ich mir unsere Küche mit dem ganzen schmutzigen Geschirr ansehe, würde ich vermuten, es wird in diesem Sommer für dich das einzige Eis bleiben. Es sei denn, Mama gewinnt im Lotto. Oder du hörst tatsächlich mit Klavier auf, damit wir uns von dem Geld eine neue Spülmaschine leisten können.“

Ich folge Ella in die Küche, die gerade in den Kühlschrank guckt, und lehne mich gegen den Türrahmen. „Daraus wird leider nichts. Ich hab beschlossen, weiterzumachen. Ich kann nämlich jetzt den Türkischen Marsch spielen.“

Ella klatscht die Kühlschranktür wieder zu. „Was? Wie das denn so plötzlich?“

Ich ziehe die Augenbrauen hoch: „Wolfgang Amadeus Mozart hat es mir gezeigt."

Meine große Schwester nickt leicht gelangweilt und guckt in den Brotkasten, wo nur noch ein Kanten drinliegt. „Schon klar."

Ich drehe mich um und gehe in den Flur, wo unser Klavier steht. Wenn Ella mir nicht glaubt, dann beweise ich es ihr. Ich klappe den Deckel auf, setze mich auf den Hocker, schließe die Augen, lege meine Finger auf die Tasten und stelle mir vor, Wolfi sitzt neben mir. Genau wie in meiner Ohnmacht. Von weit weg höre ich die Musik. Die Melodie wird immer deutlicher und dann spiele ich los. Ganz wie von selbst. Vielleicht war meine Reise in die Vergangenheit nur eine ganz normale Ohnmacht. Vielleicht war alles nur ein Traum. Aber manchmal werden Träume eben auch Wirklichkeit. Und wenn ich ehrlich bin, war es heute ein wirklich schöner Tag.

Ella kommt langsam durch das Wohnzimmer in den Flur. Ich merke, wie sie hinter mir stehen bleibt und andächtig lauscht. Sie ist ganz ruhig. So ruhig, wie sie eigentlich nur ganz selten ist. Als ich fertig gespielt habe, setzt sie sich neben mich auf den Hocker und sagt mit richtig stolzem Gesichtsausdruck: „Ich verzichte freiwillig auf eine neue Spülmaschine." Sie grinst und gibt mir einen dicken Kuss auf die Wange.

Und ich sage: „Ich hab dich lieb."

Außerdem von Alexa Hennig von Lange erschienen:
Wie eine Nuss mein Leben auf den Kopf stellte
Mein Sommer als Heidi

Hennig von Lange, Alexa:
Fanny und wie sie die Welt sieht
ISBN 978 3 522 18507 3

Umschlagbild: Regina Kehn
Einbandtypografie: formlabor
Innentypografie: Arnold & Domnick, Leipzig
Reproduktion: Medienfabrik GmbH, Stuttgart
Druck und Bindung: GGP Media GmbH, Pößneck

FSC
www.fsc.org
MIX
Papier aus verantwortungsvollen Quellen
FSC® C014496

© 2018 Thienemann
in der Thienemann-Esslinger Verlag GmbH, Stuttgart
Printed in Germany. Alle Rechte vorbehalten.

Spannend, witzig und abenteuerlich

Alexa Hennig von Lange

Wie eine Nuss mein Leben auf den Kopf stellte

240 Seiten · Gebunden
ISBN 978-3-522-18441-0
e BOOK

Als Lisa erfährt, dass aus dem verlassenen Herrenhaus ein Waisenhaus werden soll, lässt sie der Gedanke daran nicht mehr los. Ein Haus ohne Eltern – das klingt nach Freiheit! Ehe sie sich‘s versieht, findet sie sich auf der Krankenstation des Waisenhauses wieder. Alles nur wegen einer einzigen Nuss, von der sie lieber die Finger gelassen hätte! Plötzlich will Lisa nur noch nach Hause. Aber sich wieder rausschleichen aus der neuen Welt, ist viel schwerer als hineinzukommen. Denn diese Welt hält mehr für Lisa bereit, als sie jemals für möglich gehalten hätte.

THIENEMANN
Wir schreiben Geschichten!

Meine Welt sind die Berge?

Alexa Hennig von Lange

Mein Sommer als Heidi

256 Seiten · Gebunden
ISBN 978-3-522-18468-7
e BOOK

Ab in die Berge? Isla kann sich was Besseres vorstellen. Per Mitfahrzentrale geht es von Berlin in die Schweiz. Und zwar ohne Mama! Plötzlich findet sich Isla in einer vollkommen fremden Welt wieder: Berge, soweit das Auge reicht. Und eine einsame Holzhütte, in der ein grummeliger, alter Mann wohnt. Ihr Großvater! Hier gibt es nichts als Ziegen, weiten Himmel, rauschende dunkle Tannen. Isla will abhauen, zurück in die Großstadt. Doch gerade, als sie ihren Plan in die Tat umsetzen will, trifft sie Peter. Die Begegnung mit dem Jungen aus dem Alpendorf ändert alles. Isla lässt sich ein auf das Abenteuer Bergwelt ein - und erlebt eine unerwartete Familienzusammenführung.

THIENEMANN
Wir schreiben Geschichten!

www.thienemann.de